영원히, 화가

그림 · 글 | 미셸 들라크루아

미셸 들라크루아는 1933년 파리 14구에서 태어나 인생의 대부분을 파리에서 보낸 파리지앵 화가로, 현재는 노르망디의 도빌 근처 전원주택에서 거주하며 작업을 이어가고 있다.

1941년, 나치가 파리를 점령했을 때 미셸은 일곱 살이었고 이 시기에 친척들이 살고 있는 시골 마을 이보르로 피난하여 전쟁을 겪어냈다. 그는 이 시기를 가장 행복했던 유년의 기억으로 꼽는다.

미셸은 1970년, 37세부터 미술 교사로 일하기 시작했으며 그 무렵 전쟁 이전 파리의 '아름다운 시절'을 그리고 지금의 화풍을 성립했다. 그는 1990년부터 40여 년간 전업 화가로서 지금까지 작품을 그려오고 있다.

일러두기

• 이 책은 미셸 들라크루아의 작품과 인터뷰, 회고록, 메모 등을 엮은 것입니다.
• 책에 수록된 사진과 이미지는 모두 제공처에 저작권이 있습니다.
  무단 전재나 복제, 수록을 금합니다.
• 사진 제공: 파리선라이즈 (촬영: Jun-Sung Lee) ⓒMichel Delacroix
• 이미지 제공: 2448 Artspace (촬영: sAn sTuDiO) ⓒMichel Delacroix

영원히 ____ 화가

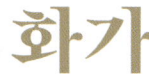

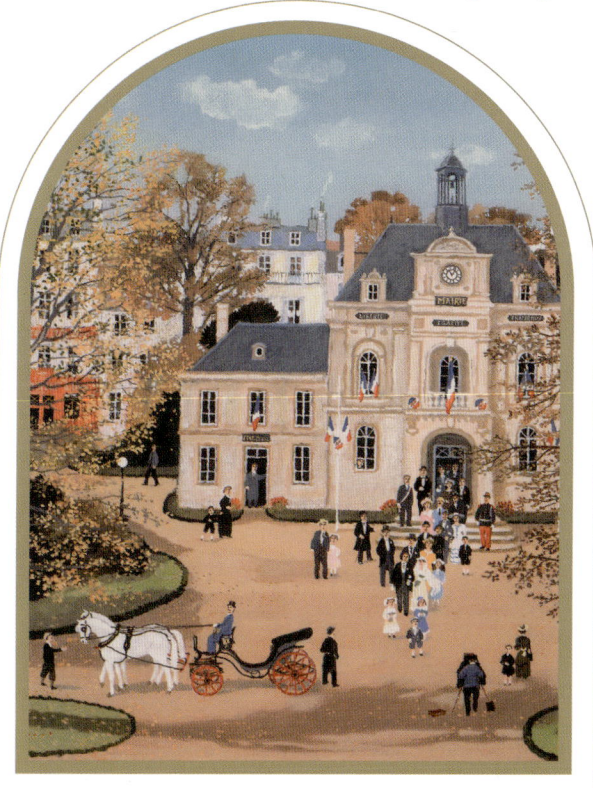

Michel Delacroix - The Artist, Forever

그림·글 **미셸 들라크루아**

파리가 사랑한 화가
미셸 들라크루아의 예술과 낭만, 그리고 인생

누군가 인생이 아름답냐고 묻는다면, 저는 아니라고 할 것 같아요.

그러나 그림이 있기에 버틸 수 있었습니다.

Si quelqu'un me demandait si la vie est belle, je pense que je

répondrais non.

Mais la peinture m'a permis de tenir le coup.

미셸은 오늘도 사랑하는 빛의 거리를 걸으며 풍경을 감상하고 어린 시절을 기대한다. 소소하지만 모험에 찬 순간들은 보석처럼 빛나는 이야기를 들려준다. 그 속삭임에 마음이 움직인다면 당신은 사랑에 빠진 것이다. 사랑에 빠졌다면 파리에 가야 한다. 그의 작품 속 파리의 벨 에포크로 떠나보자.

강태운 미술 칼럼니스트

미셸 들라크루아의 작품은 언제나 그 그림 속 곳곳의 이야기에 귀 기울이게 합니다. 거기에 상상을 더하며 물끄러미 그림을 바라보고 있노라면 어느새 나도 모르게 웃음 짓고 있는 자신을 발견하게 되죠. 그런 마법이 도대체 어떻게 가능한 것인지 그의 아틀리에를 가보고서야 비로소 알게 되었습니다. "숨 쉬듯 기도하고 그림 그린다."라는 그의 구십 평생 이야기에 이제는 귀 기울일 차례입니다. 바로 이 책《영원히, 화가》를 통해서.

양영은 KBS 기자, 앵커

때로 어떤 작품을 바라보는 것만으로도 카타르시스가 느껴지거나, 치유를 경험하곤 합니다. 미셸 들라크루아의 작품은 마치 한 편의 동화처럼 부드럽고 생동감 넘치며 순수한 행복감을 선사합니다. 혹시 바쁜 일상에 너무 메말라 있다면, 이 아름다운 작품들을 만나보세요. 분명 당신 안의 행복이 당신에게 말을 건넬 거예요.

이주영 한국 아트테라피 연구소 대표

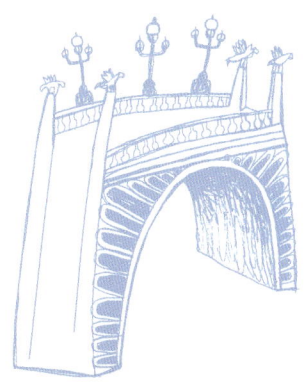

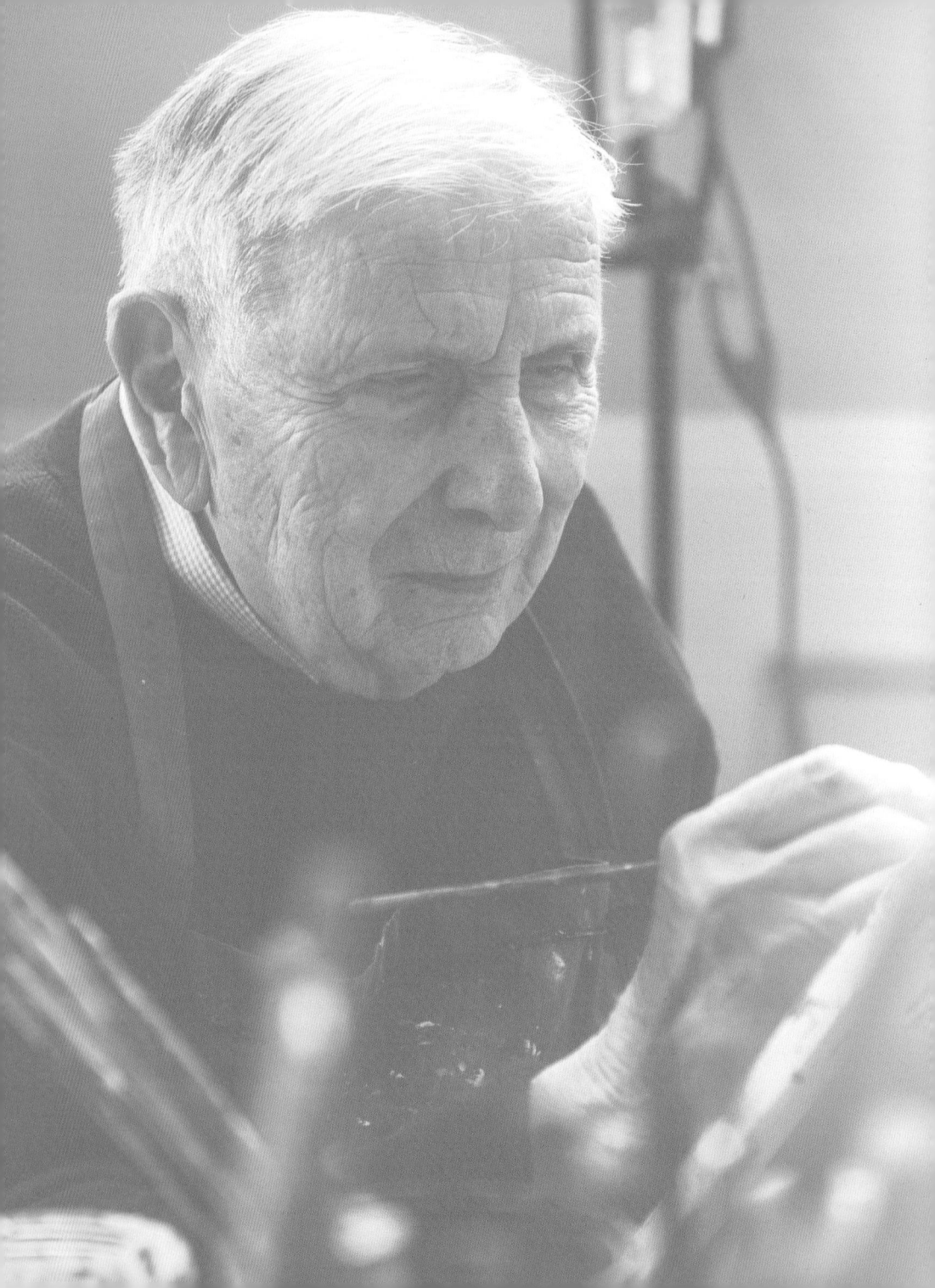

한국의 친구들이여, 안녕하세요?
저의 몸은 노르망디에 있는 정원에 살고 있지만
영혼은 제 두 번째 조국처럼 사랑하게 된 아름다운 나라,
한국에서 늘 여러분 곁에 있는 느낌이 듭니다.

Bonjour mes amis coréens

J'ai l'impression d'être auprès de vous et je ne suis pourtant que dans mon

jardin là-bas en Normandie, mais mon esprit est encore tout à fait dans ce beau pays

que je commence à aimer comme ma deuxième patrie finalement.

감사하고 또 감사합니다.

친구들이여.

여러분의 우정에 무엇보다 감사합니다.

저는 제 삶의 남아있는 모든 순간에 그림을 그릴 것입니다.

단연코, 제 삶에서 가장 아름다운 부분은 그림이었습니다.

그 외엔 그저 평범한 삶에 불과했습니다.

저는 이 행운을 표출할 기회가 있었습니다.

제 삶에서 80년에 조금 못 미치게 그림을 그렸지만

그림은 저의 신념이자 늘 저를 기쁘게 했고

또 열정적으로 만들었습니다.

저의 그림이 많은 분께 행복을 전달하길 소망합니다.

2025. 6. 노르망디에서

Michel Delacroix

Merci, merci mes amis, merci pour tout,

merci pour votre amitié surtout.

Je suis maintenant très vieux mais on peut dire,

j'apprécie toujours la gentillesse de tout le monde,

ça me touche beaucoup.

je vais continuer de peindre,

je crois que je peindrai toute ma vie,

ce qui me reste de temps à vivre.

Et c'est sûrement la plus belle part de ma vie, la peinture.

Tout le reste c'est une vie ordinaire,

mais moi j'ai cette chance d'avoir pu aussi longtemps,

puisqu'il y a au moins 80 ans que je fais de la peinture,

mais ma foi, ça me plaît et me passionne toujours autant.

J'espère que ça va rendre heureux beaucoup de gens.

Contents

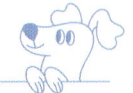

특별한 재미 하나!

대부분의 작품에서 만날 수 있는 강아지의 이름은 '퀸Queen'으로 미셸이 어린 시절에 기르던 강아지입니다. 작품 속에서 퀸과 그 곁에 소년 또는 어른으로 함께하는 작가의 모습을 찾아보세요.

Part 1

내가 사랑하는 파리,
벨 에포크

*Paris que j
La*

젊은 시절 한때를 파리에서 보낼 수 있는
행운이 그대에게 따라 준다면,
파리는 움직이는 축제처럼 평생 당신 곁에 머물 것이다.
어니스트 헤밍웨이

If you are lucky enough to have lived in Paris as a

young man, then wherever you go for the rest of your

life, it stays with you, for Paris is a moveable feast.

ime,

elle époque

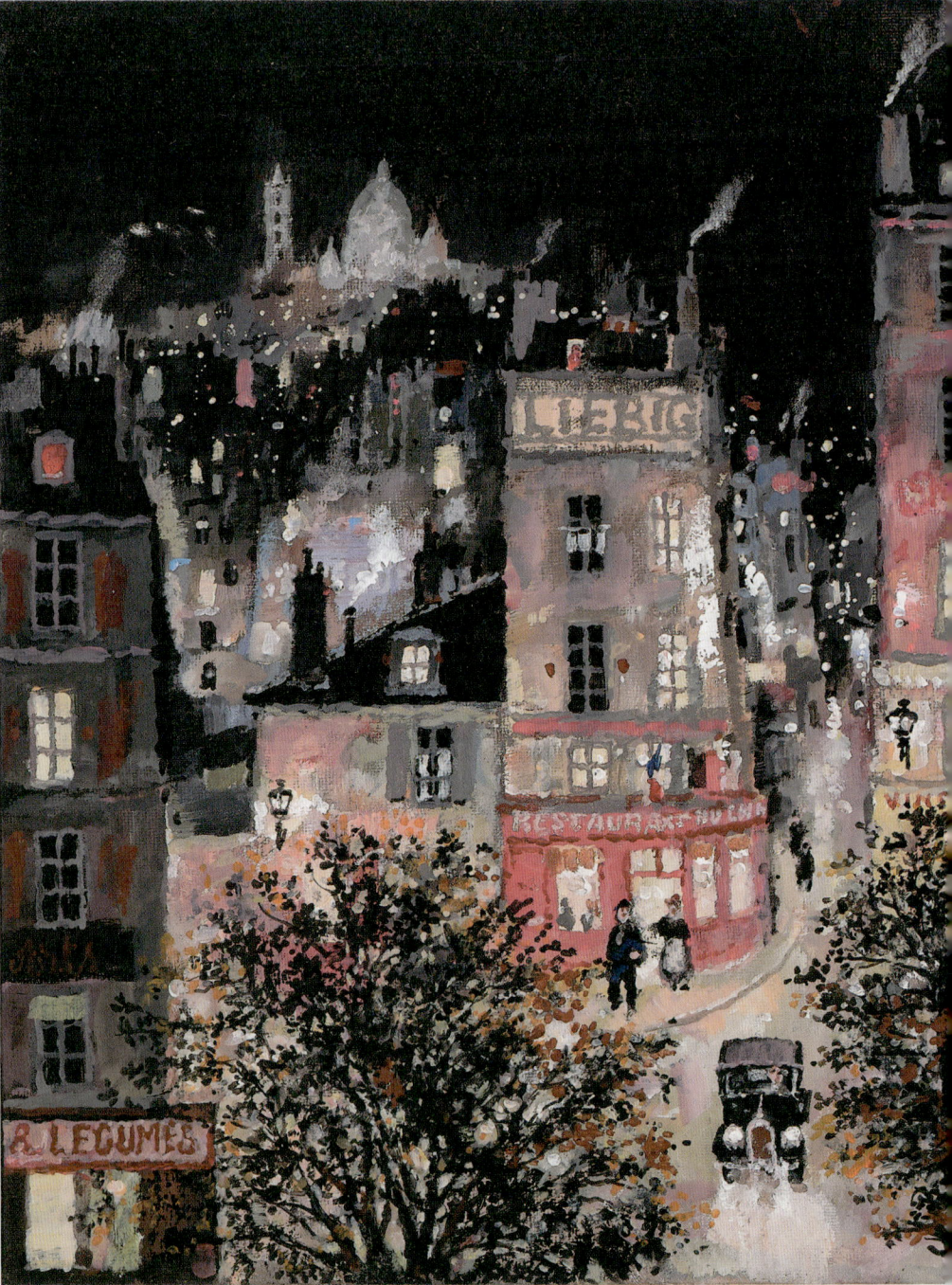

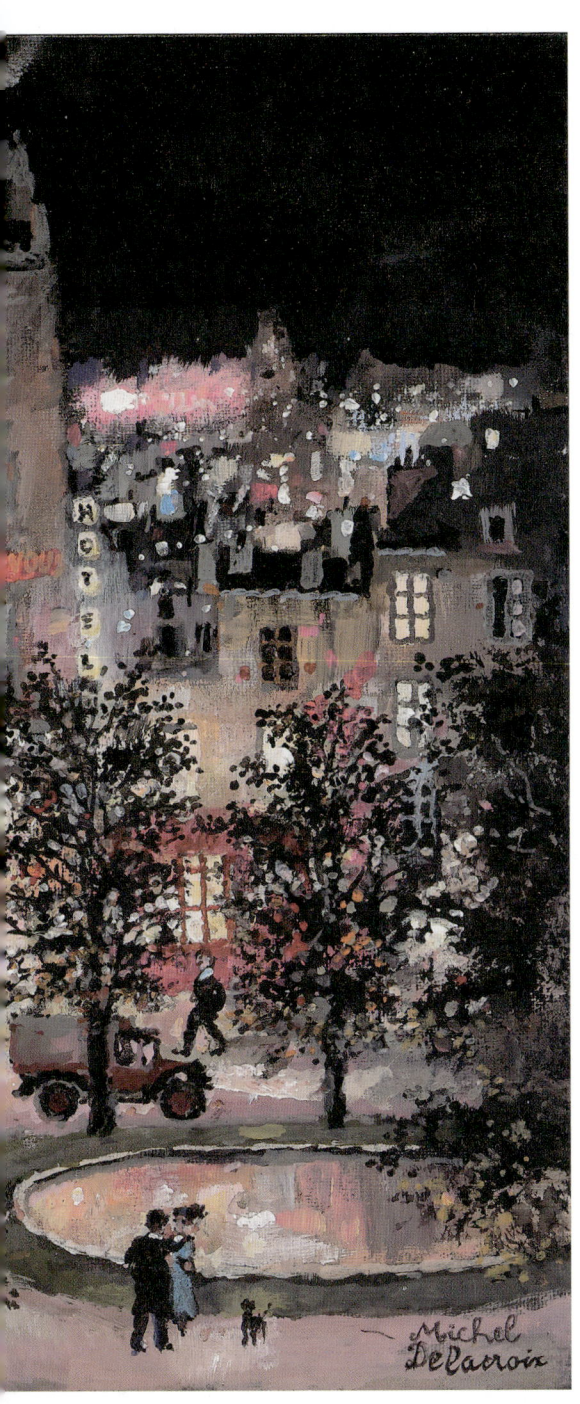

파리 - 빛의 도시

Paris - La ville lumière,
32×41cm, Acrylic on Canvas, 2024.

정치적 격동기가 끝나가는 19세기 말에서 20세기 초 프랑스를 가리켜 벨 에포크라고 한다. 좋은 시절, 아름다운 시절이라는 의미다.

이 시기의 프랑스 파리는 기술과 낭만, 예술이 공존한 문명의 정점이었다. 카페와 살롱에서는 마네, 드가, 로트레크, 르누아르, 모네 같은 인상파 화가들이 서로의 작품을 논하고, 젊은 문인, 철학자들은 예술의 미래와 사회의 운명을 토론했다.

사람들은 비행기를 처음 타보고, 엘리베이터를 경험했으며, 사진과 영화라는 새로운 매체에 흥분했다. 도심의 부르주아는 오페라에 열광했고, 예술가는 자유를 노래했다.

저 도시 옆에서는 모든 도시가 작아진다.

파리는 바다처럼 거대하다.

- 빈센트 반 고흐

파리의 공기를 들이마시는 것은

우리의 영혼을 보존해준다.

- 빅토르 위고

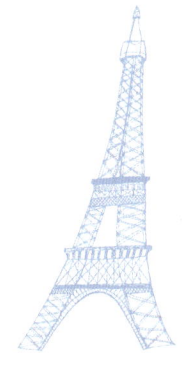

파리는 20세기 예술과 문학을 창조할 우리에게
딱 맞는 장소였다.
- 거트루드 스타인

Paris was the place that suited us who were to create

the twentieth-century art and literature.

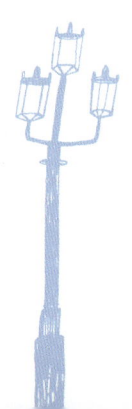

1914년 제1차 세계대전 발발 이후 대혼란이 도래했지만, 1930년대 파리는 여전히 빛의 도시였다. 파리의 밤은 다른 의미로 눈부셨다. 몽파르나스의 카페에서는 다양한 언어가 뒤섞이며 예술과 문학의 담론이 넘실거렸다.

제1차 세계대전 이후 아방가르드 예술가들은 몽마르트르에서 몽파르나스로 활동지를 옮기기 시작했다. 이 기간 몽파르나스에서 활동한 이들을 파리파(派), 에콜 드 파리École de Paris라고 부른다. 샤갈, 피카소, 칸딘스키, 헤밍웨이, 스트라빈스키 등 위대한 예술가와 문학인들이 모여 몽파르나스는 예술가와 혁명가의 정신적 고향이 되었다.

그 아름다웠던 시절, 파리의 한복판에서 미셸은 태어났다. 1933년 2월 26일, 해는 정오를 알리고 있었고 교회 종소리가 거리 위로 퍼지던 일요일이었다. 히틀러와 그 추종자들이 라이히슈타크(독일 국회의사당)를 불태우고 권력을 잡기 바로 전날이었다.

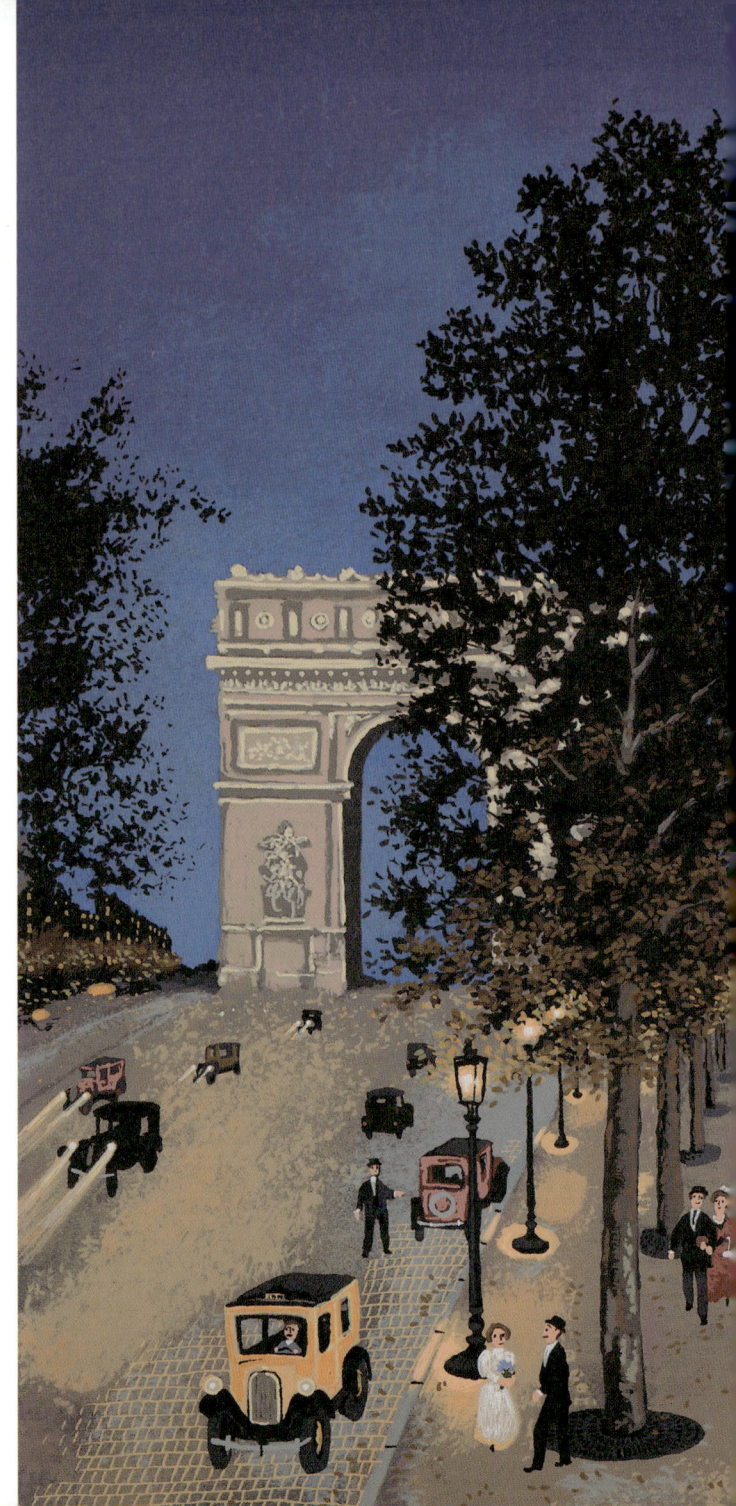

샹젤리제의 카페 테라스

Une visite suite - Terrasse de café
aux Champs-Élysées,
48.5×56cm, Serigraph on Paper, 2001.

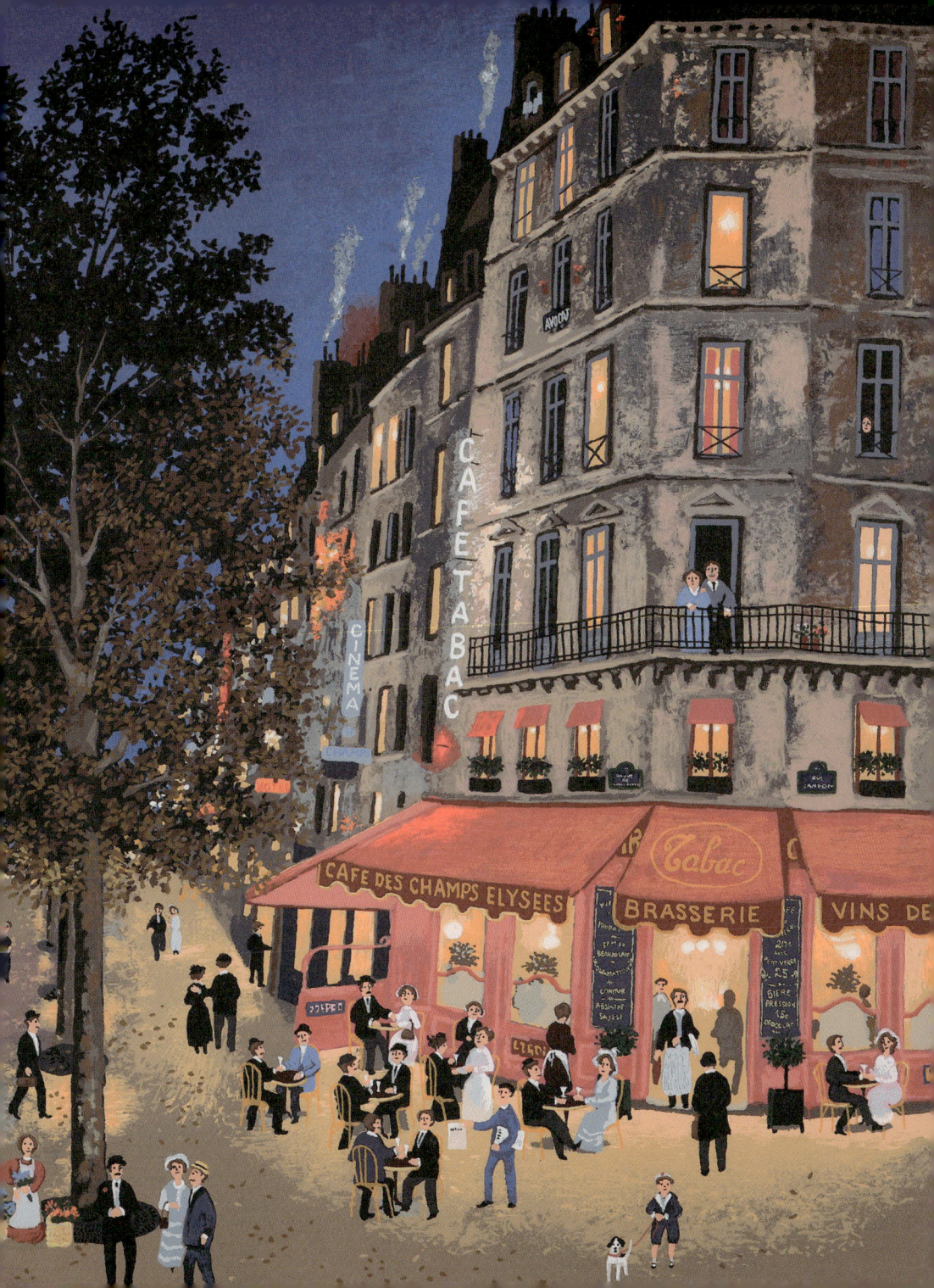

1930년대 후반은 모두에게 〈아름다운 시절〉이었습니다.

제2차 세계대전 이전의 시대였으니까요.

우리는 여전히 조금 부주의한 시대에 살았습니다.

저에게도 역시 아름다운 시기였습니다.

저는 행복한 어린아이였으니까요.

행복한 어린 시절을 살았다는 것은

제 인생에서 가장 최고의 시작이었습니다.

La fin des années 1930 était pour tout le monde <une

époque magnifique>.

Parce que c'était avant la guerre, avant la deuxième guerre

mondiale. On vivait encore un peu dans l'insouciance.

Et c'était aussi la belle époque pour moi,

parce que j'étais un petit enfant heureux.

Et toute ma vie,

j'ai vécu ce bonheur que j'ai connu étant enfant.

Ça, c'était mon meilleur départ dans la vie.

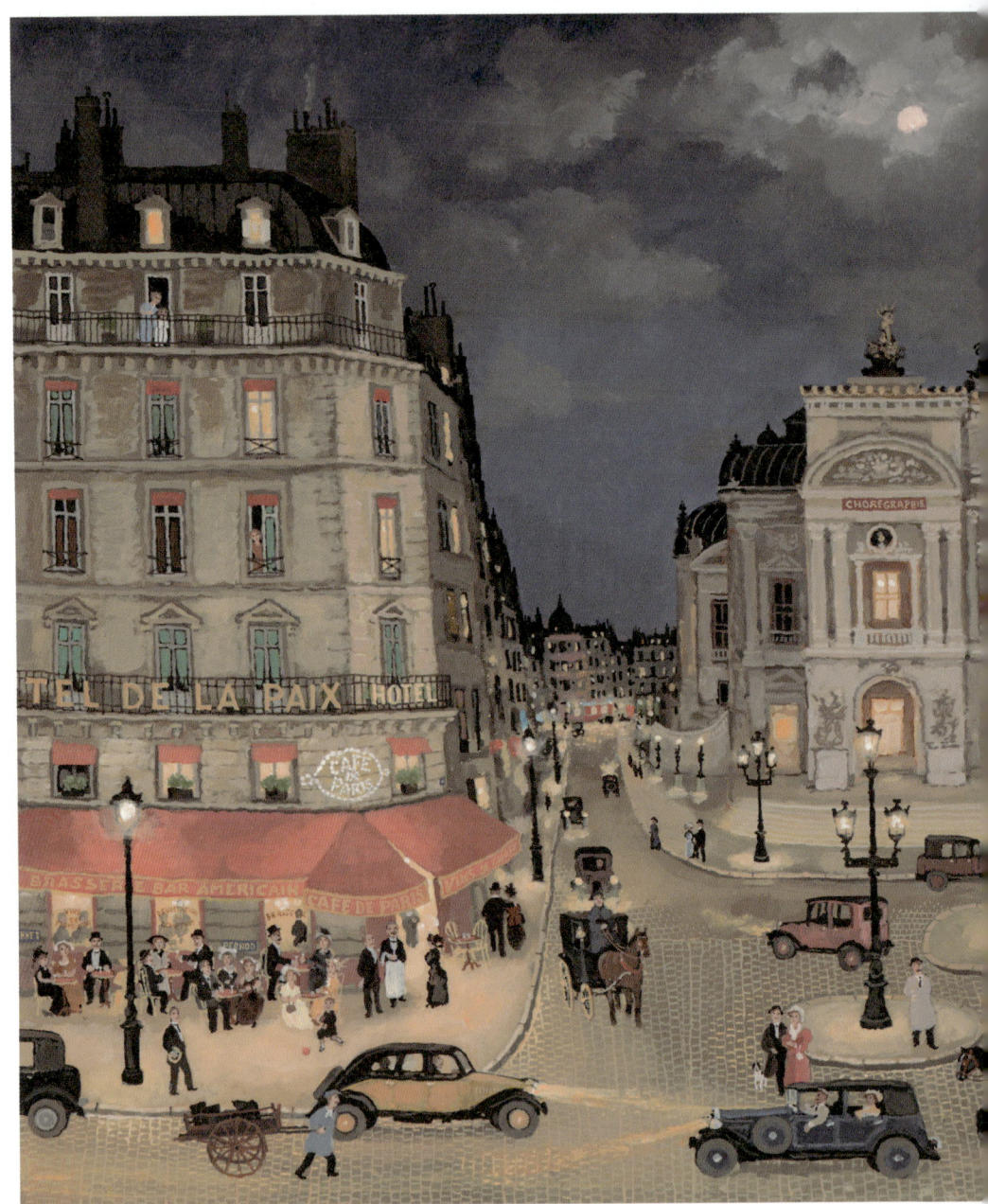

파리 오페라, 카페 드 라 페

Café de la Paix,
68×78cm, Serigraph on Paper, 2012.

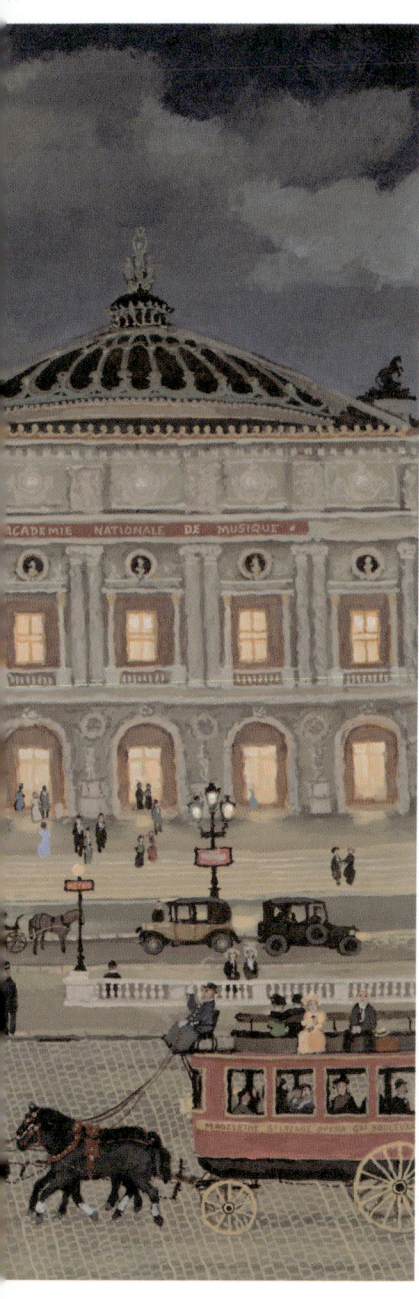

★ 평화의 카페

전쟁 이전의 파리에는 빈부격차와 상관없이
서로를 존중하고 도와주는 분위기가 있었어요.
저는 그 시절 사람들을 제 작품 속에 담아냈습니다.

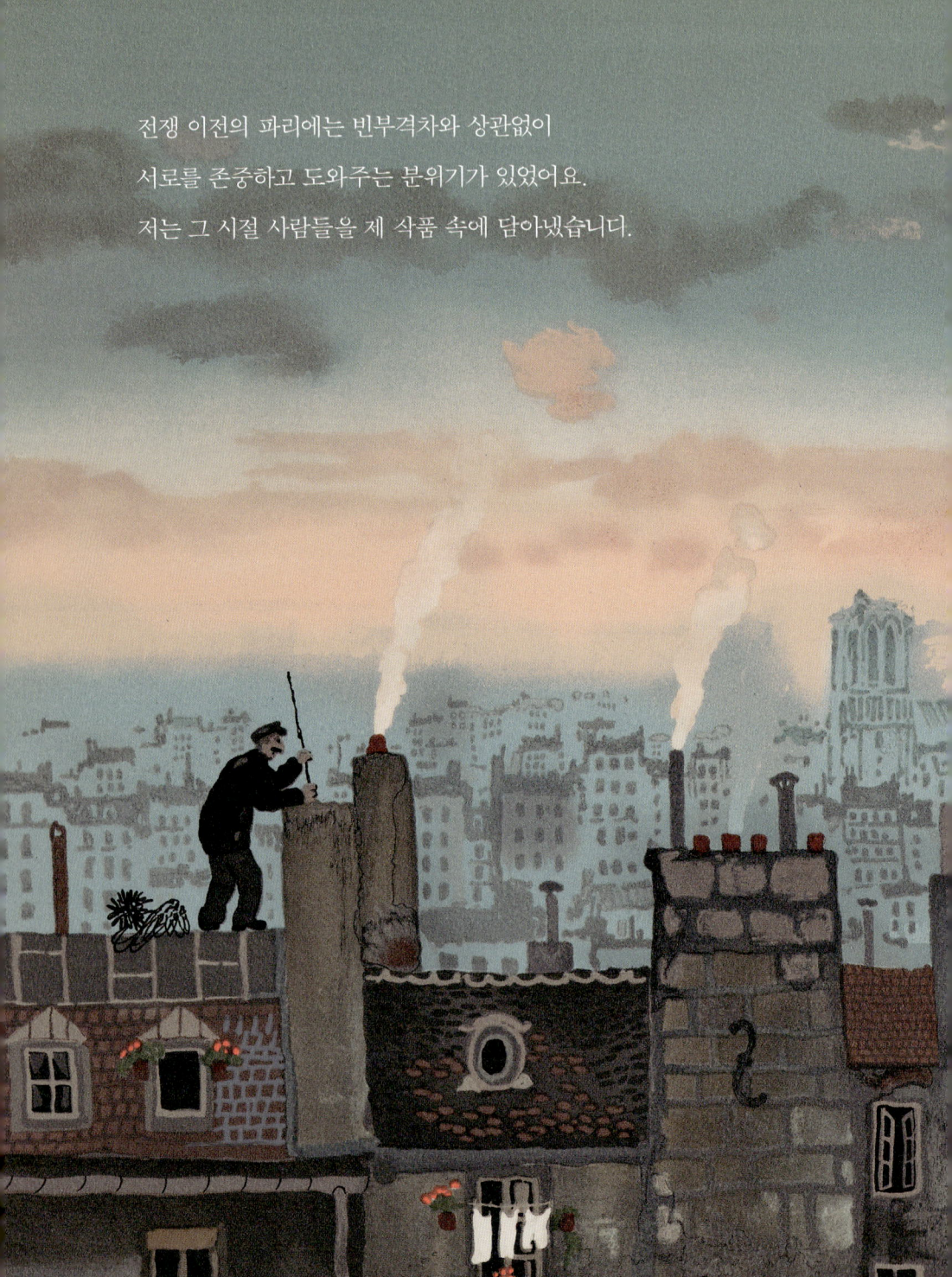

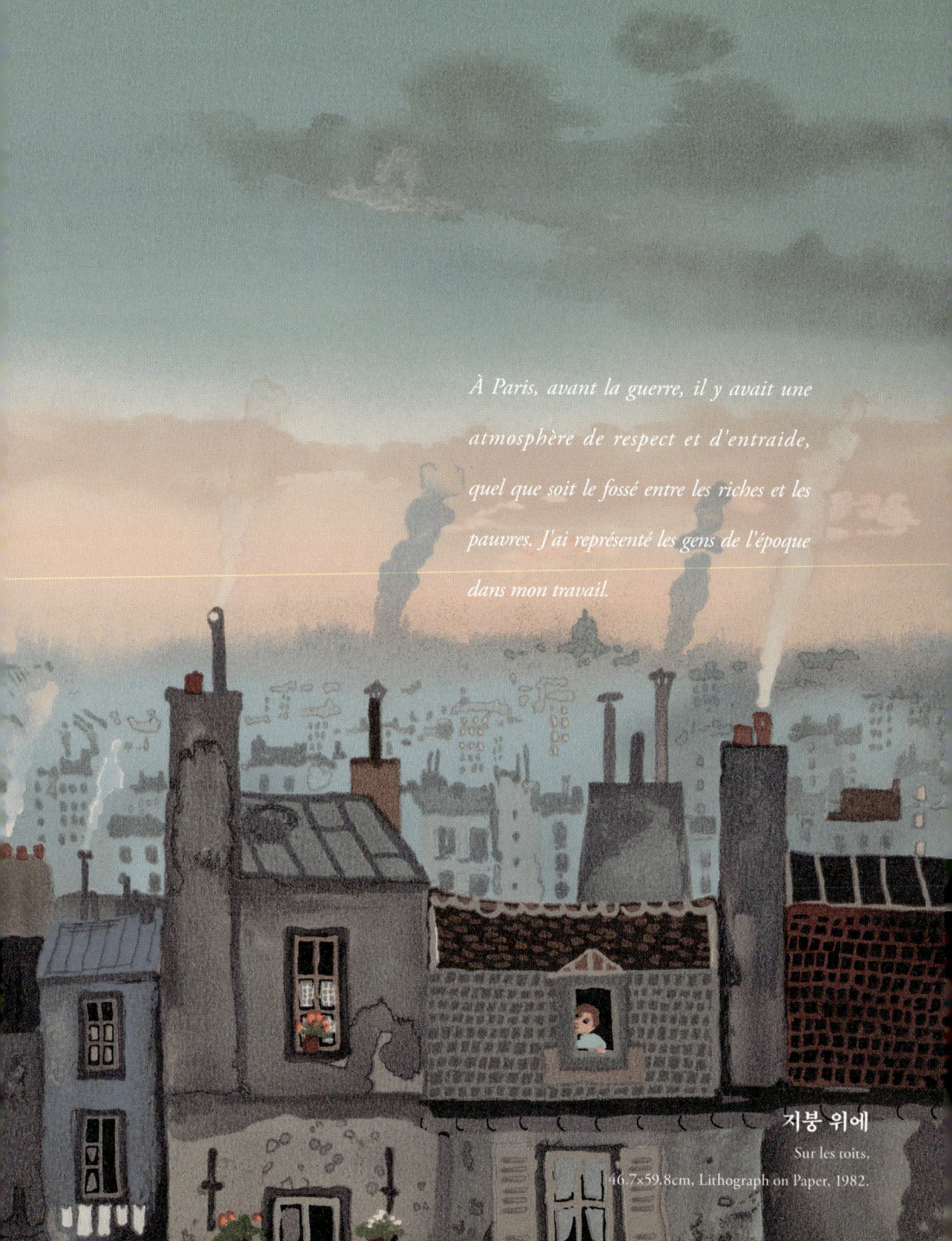

À Paris, avant la guerre, il y avait une atmosphère de respect et d'entraide, quel que soit le fossé entre les riches et les pauvres. J'ai représenté les gens de l'époque dans mon travail.

지붕 위에
Sur les toits,
46.7×59.8cm, Lithograph on Paper, 1982.

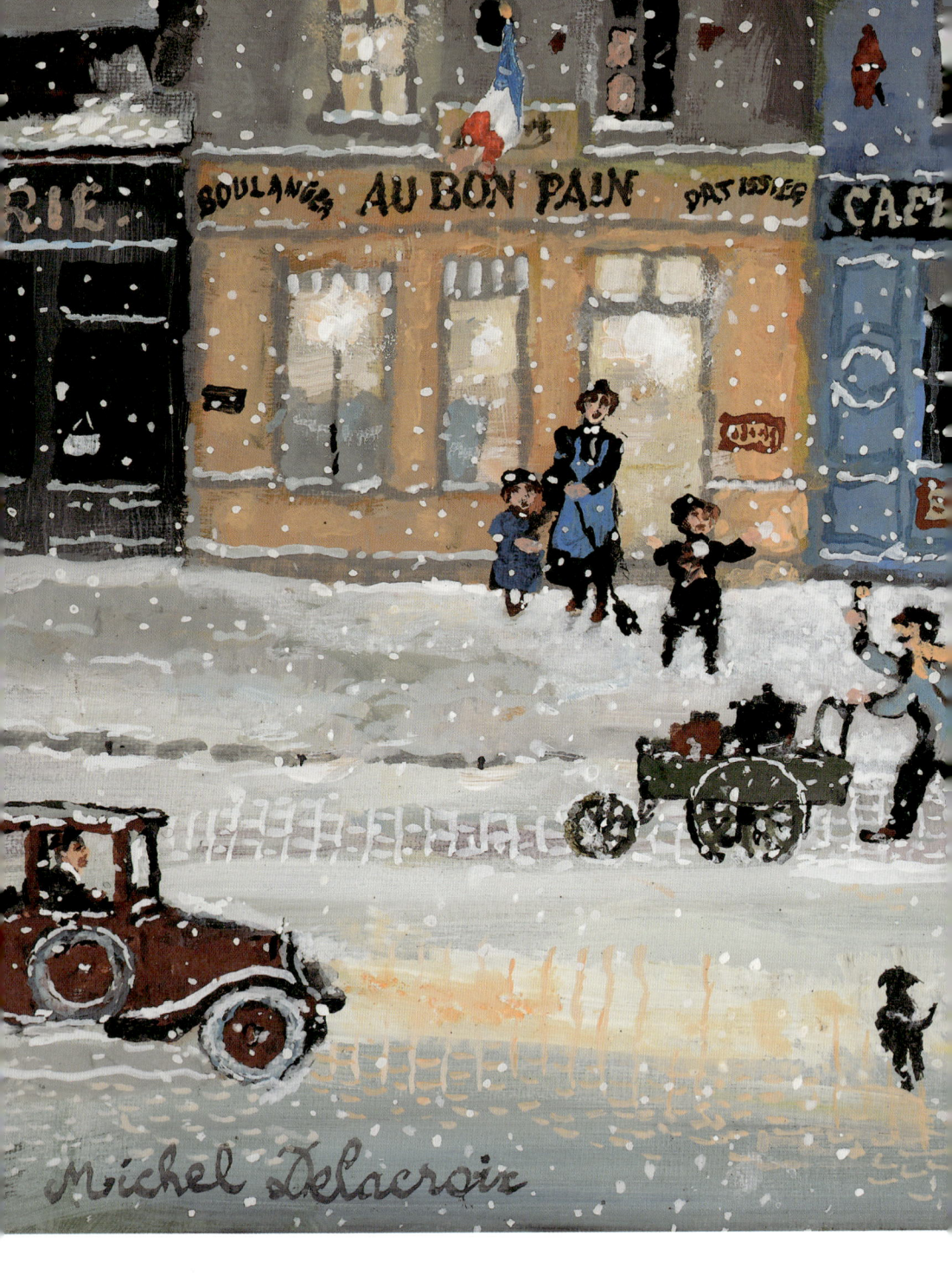

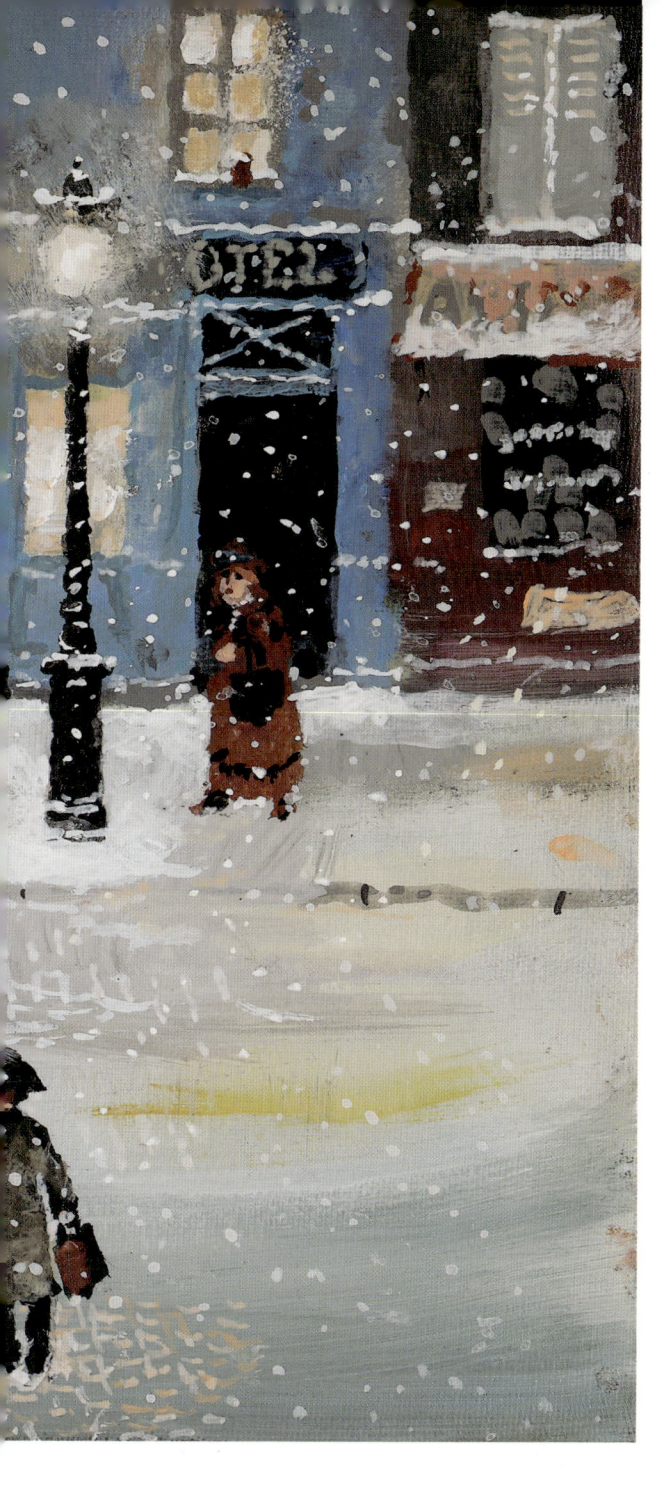

좋은 빵집 앞 군밤을 파는 상인
Au bon pain (marchand de marrons),
24×30cm, Acrylic on Board, 2024.

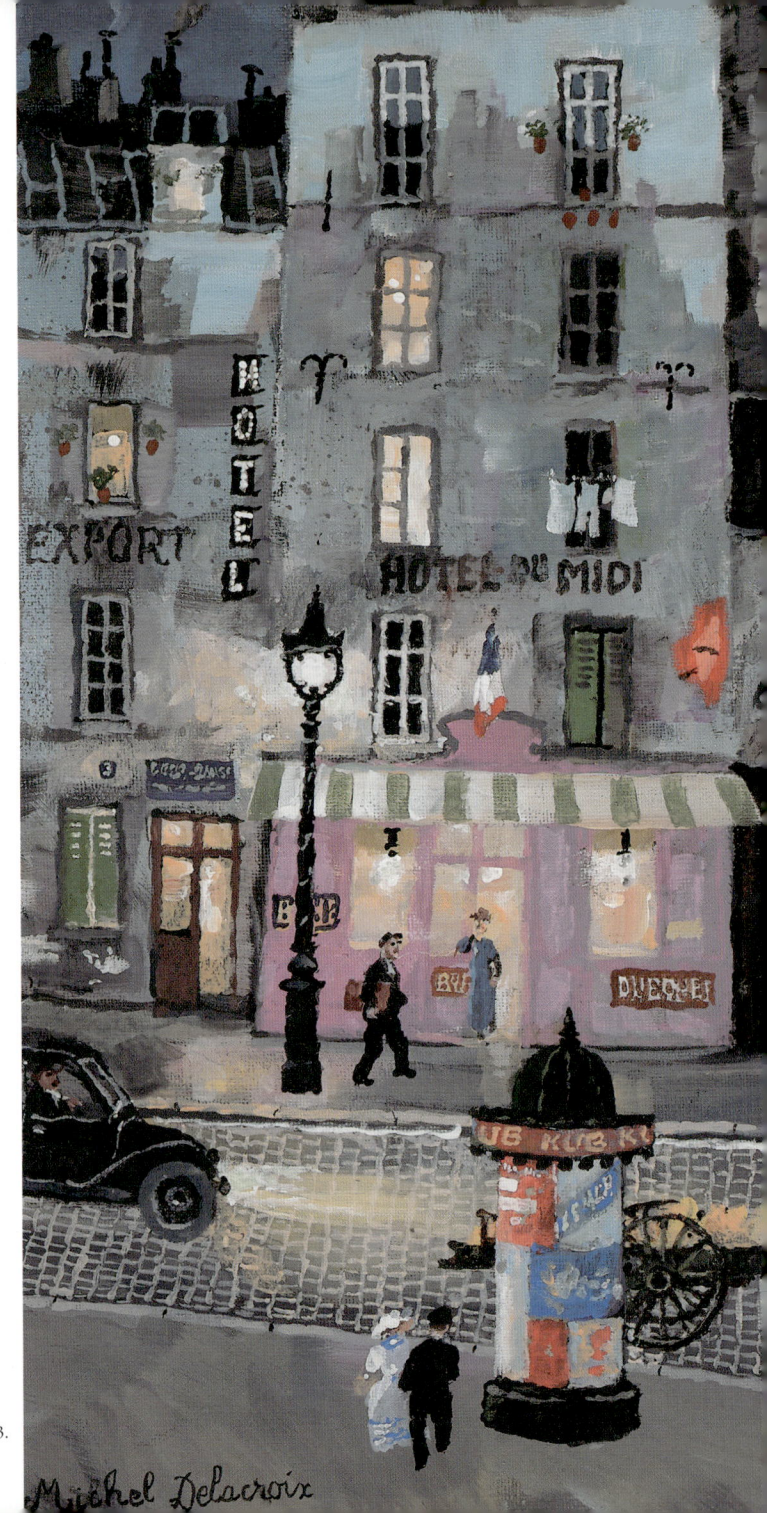

소녀 아멜리

La petite Amélie,
40×50cm, Acrylic on Canvas, 2023.

Michel Delacroix

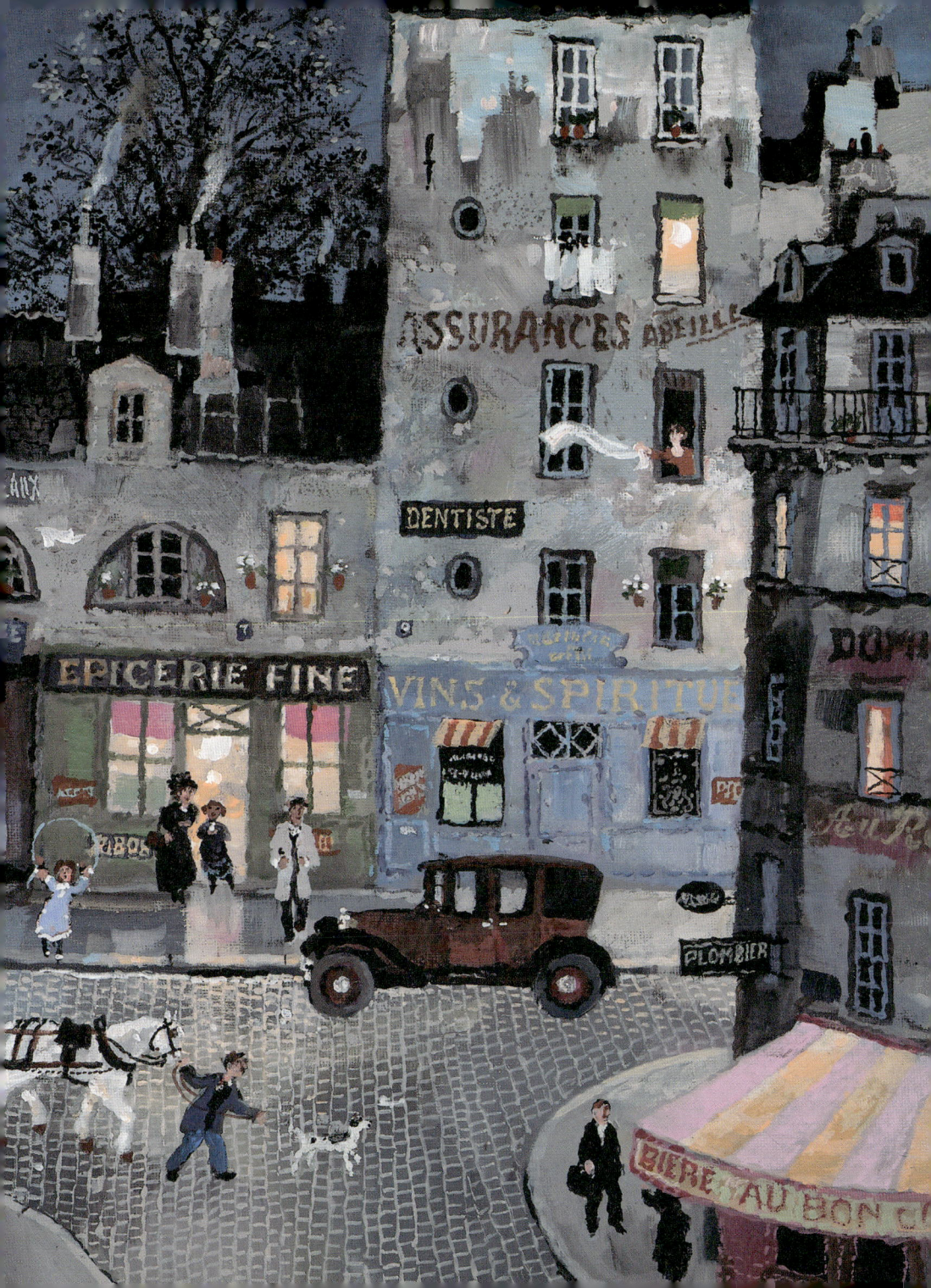

수줍음이 많고 몽상에 늘 잠겨있던,

어느 그룹에도 속하지 못하는 아이였던 미셸의 인생은

그림을 만난 순간 완전히 바뀌었다.

그의 나이 열 살이었다.

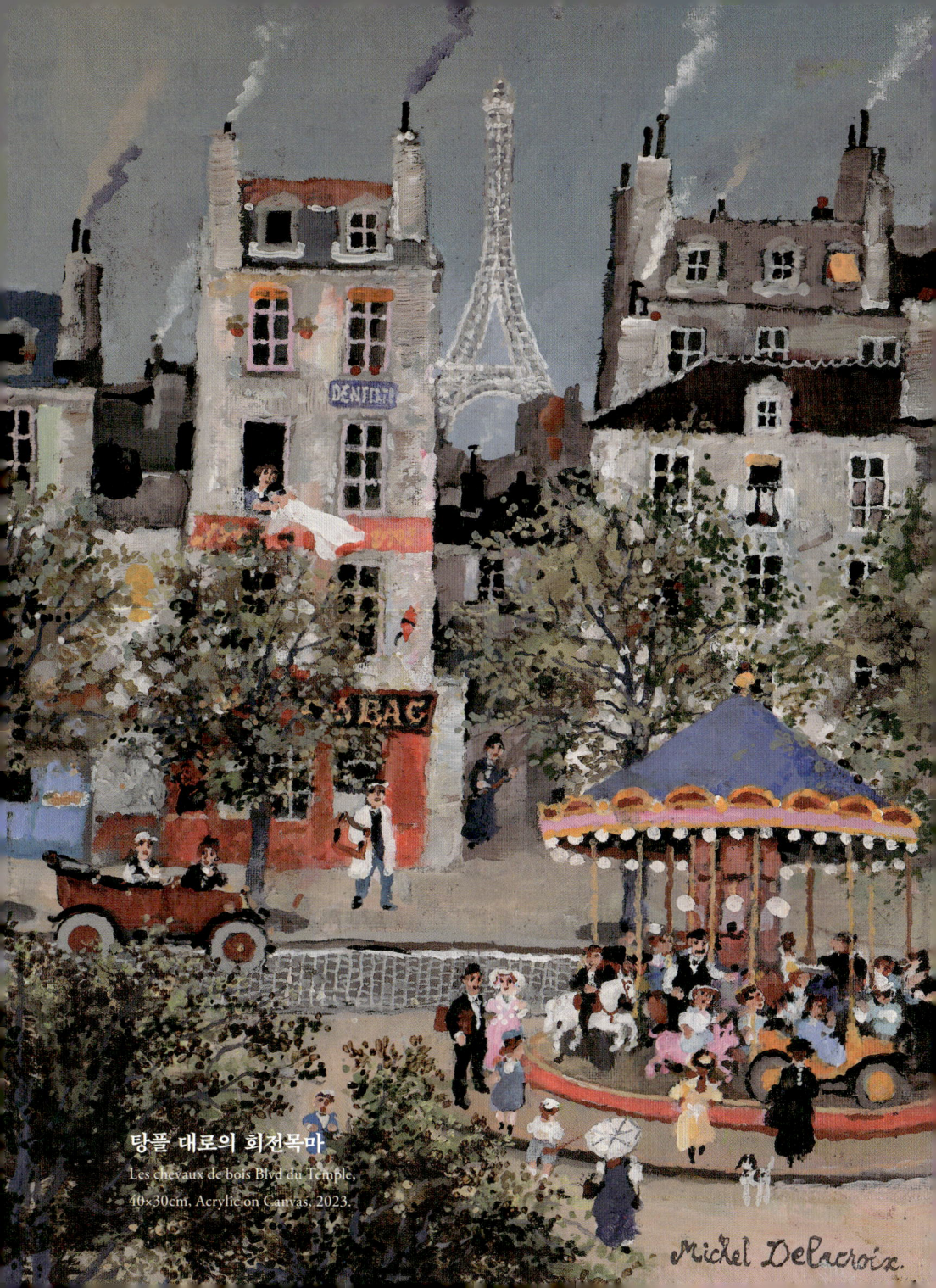

탕플 대로의 회전목마
Les chevaux de bois Blvd du Temple,
40×30cm, Acrylic on Canvas, 2023.

Michel Delacroix.

그림을 배우기 시작한 후로
소년은 파리의 거리를
오랫동안 산책하는 습관이 생겼다.
혹시라도 필요할 때를 대비해
이미지들을 머릿속 깊은 곳에
잔뜩 쌓아 두기 위해서.

어린 시절,
몽파르나스에서 학교가 있던
노트르담 성당 주변을
매일 걸으며 보고 축적한 풍경은

30년 후, 그의 나이 마흔 무렵에
파리의 옛 풍경을 그려내는 화풍으로
캔버스 속에 살아나게 되었다.

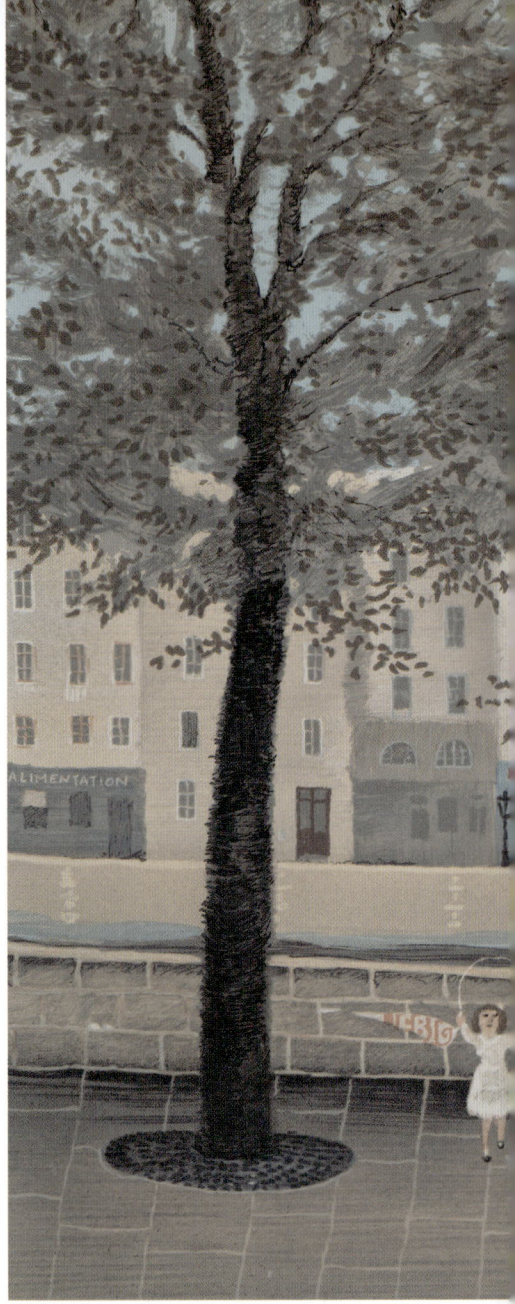

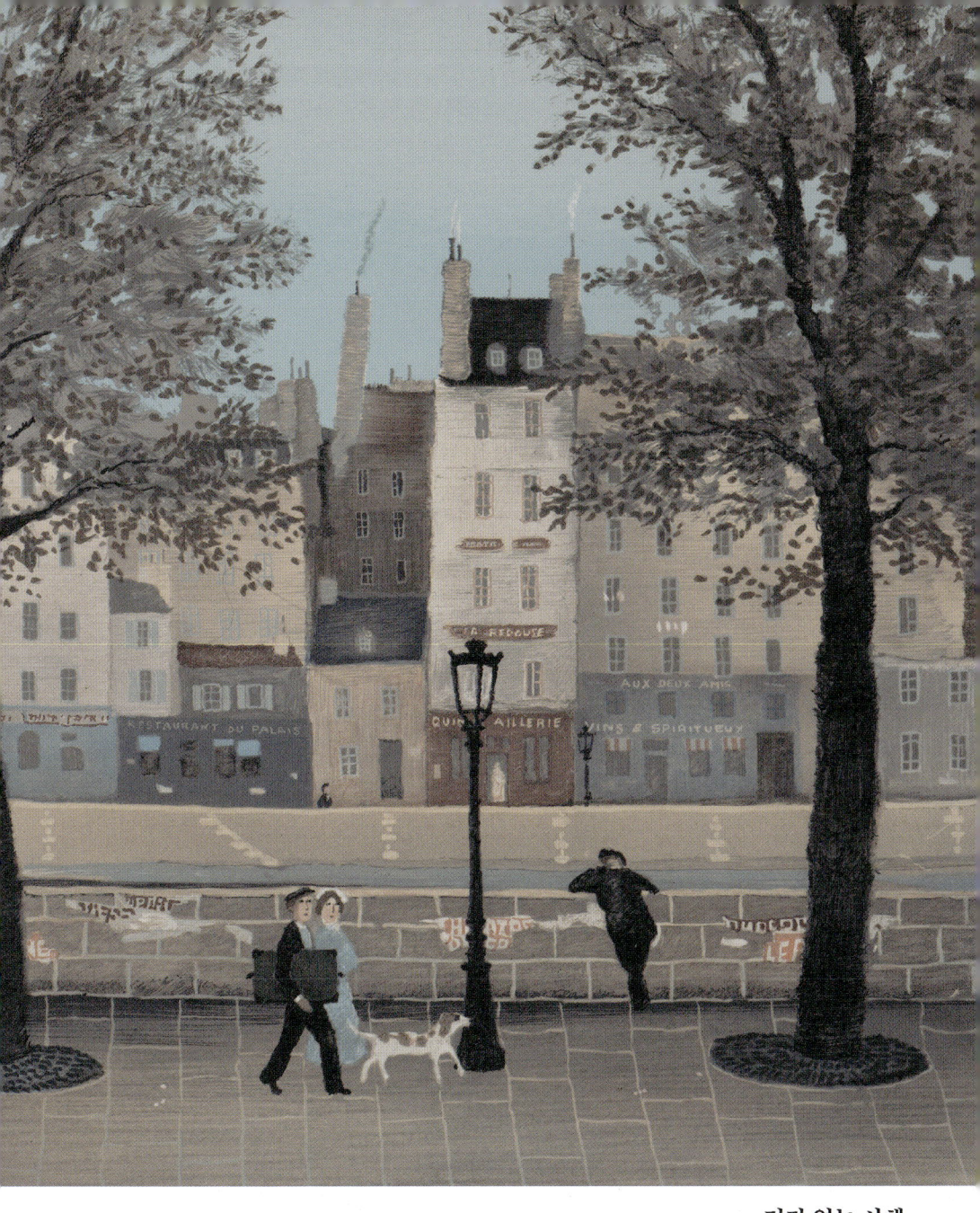

걱정 없는 산책

Town and Country Suite - Promenade sans soucis,
37×46cm, Lithograph on Paper, 1989.

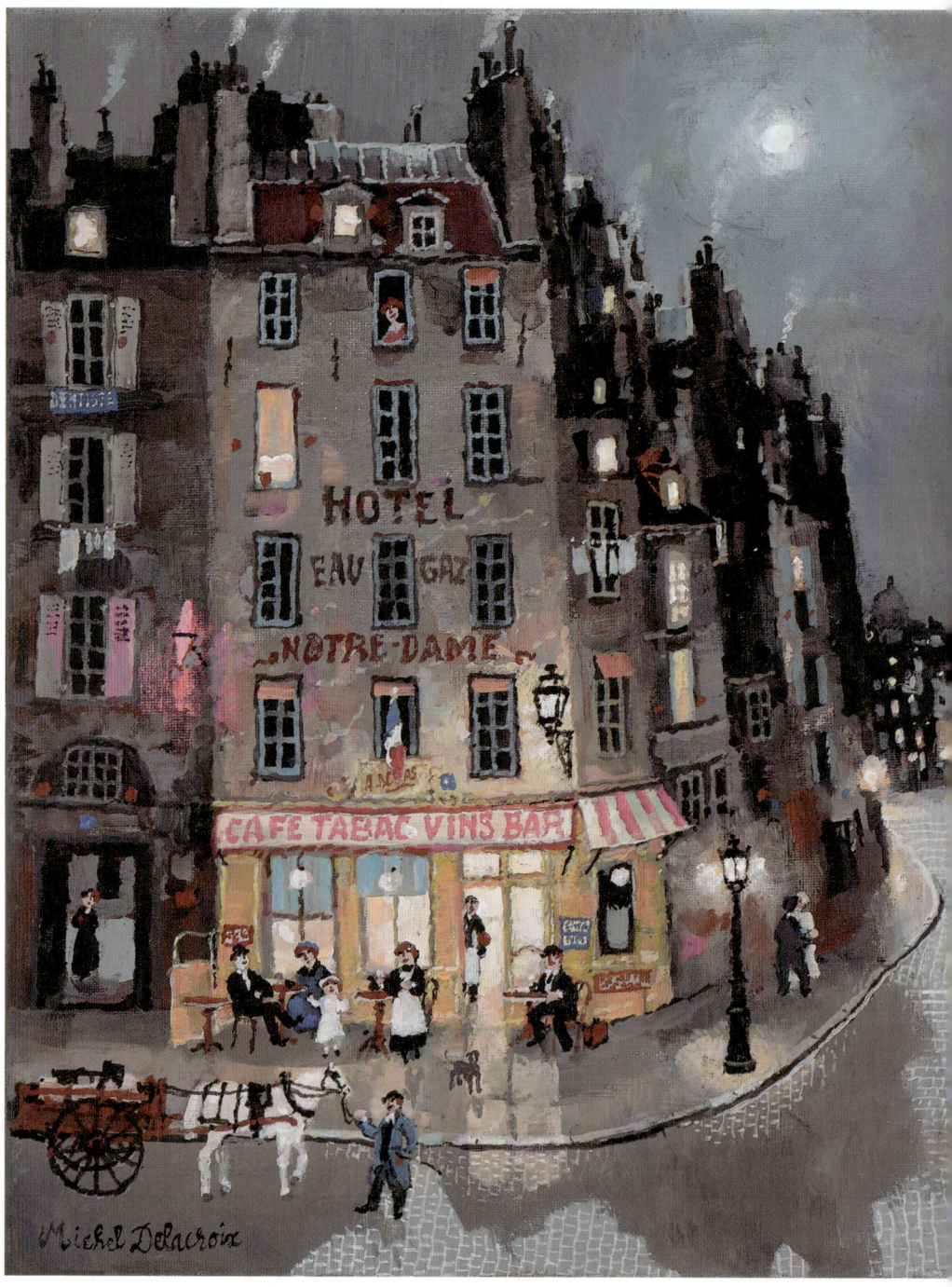

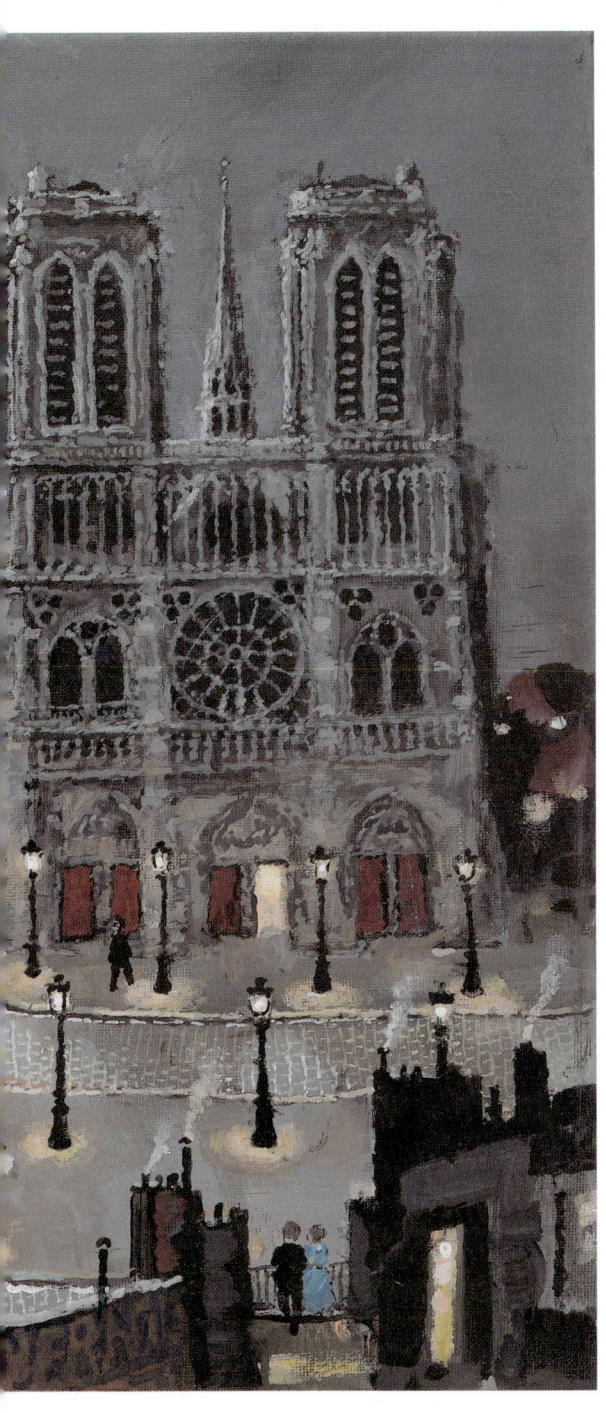

보름달
La pleine lune,
40×50cm, Acrylic on Canvas, 2024.

저는 과거의 파리를 재현하는 것이 아니에요.

제 그림은 과거에 대한 사진이나 문서가 아닙니다.

파리의 인상에 대한 기록이지요.

Je ne représente le Paris du passé.

Mes dessins ne sont pas des photos ou des documents du passé.

C'est impression de Paris.

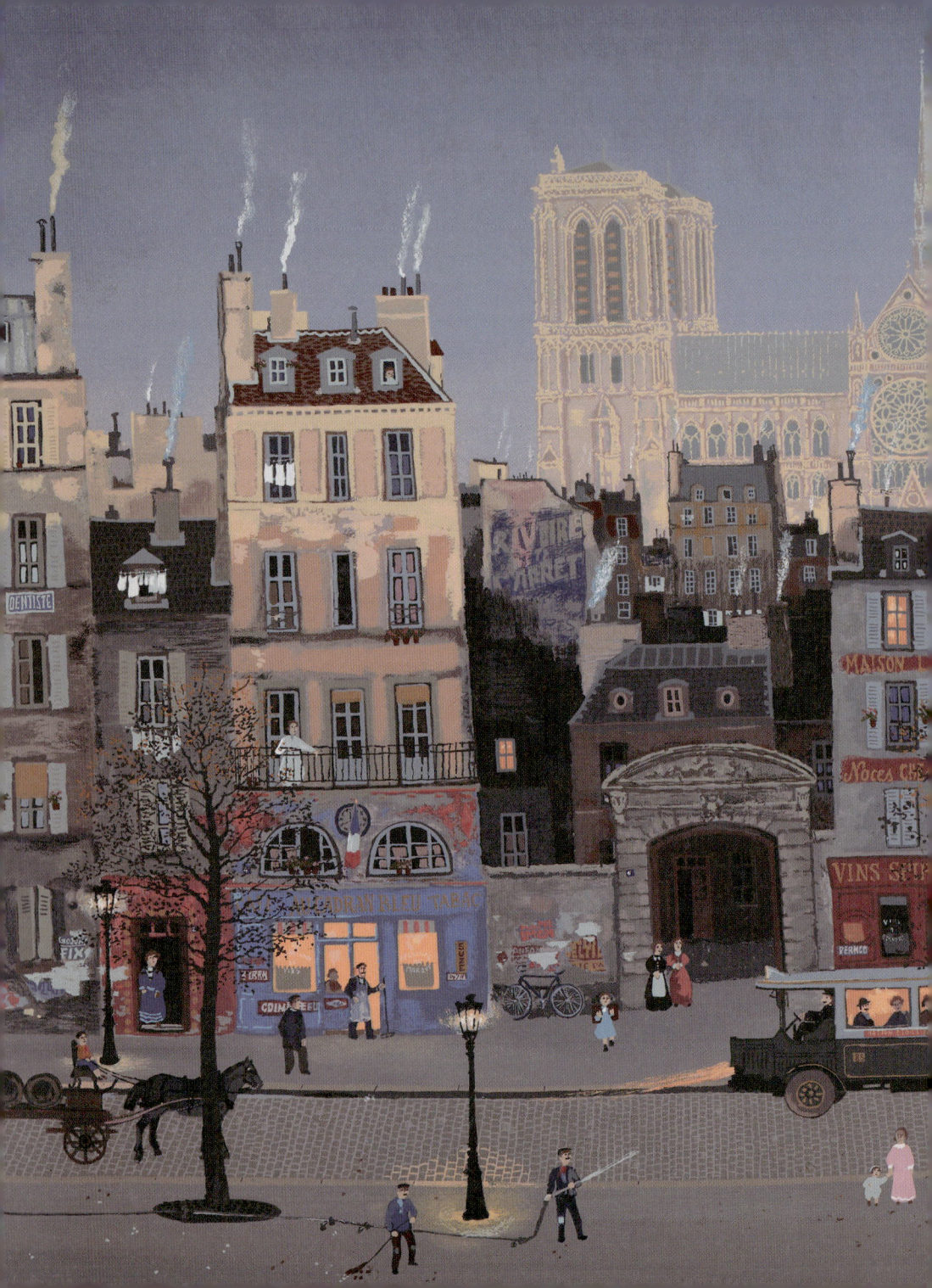

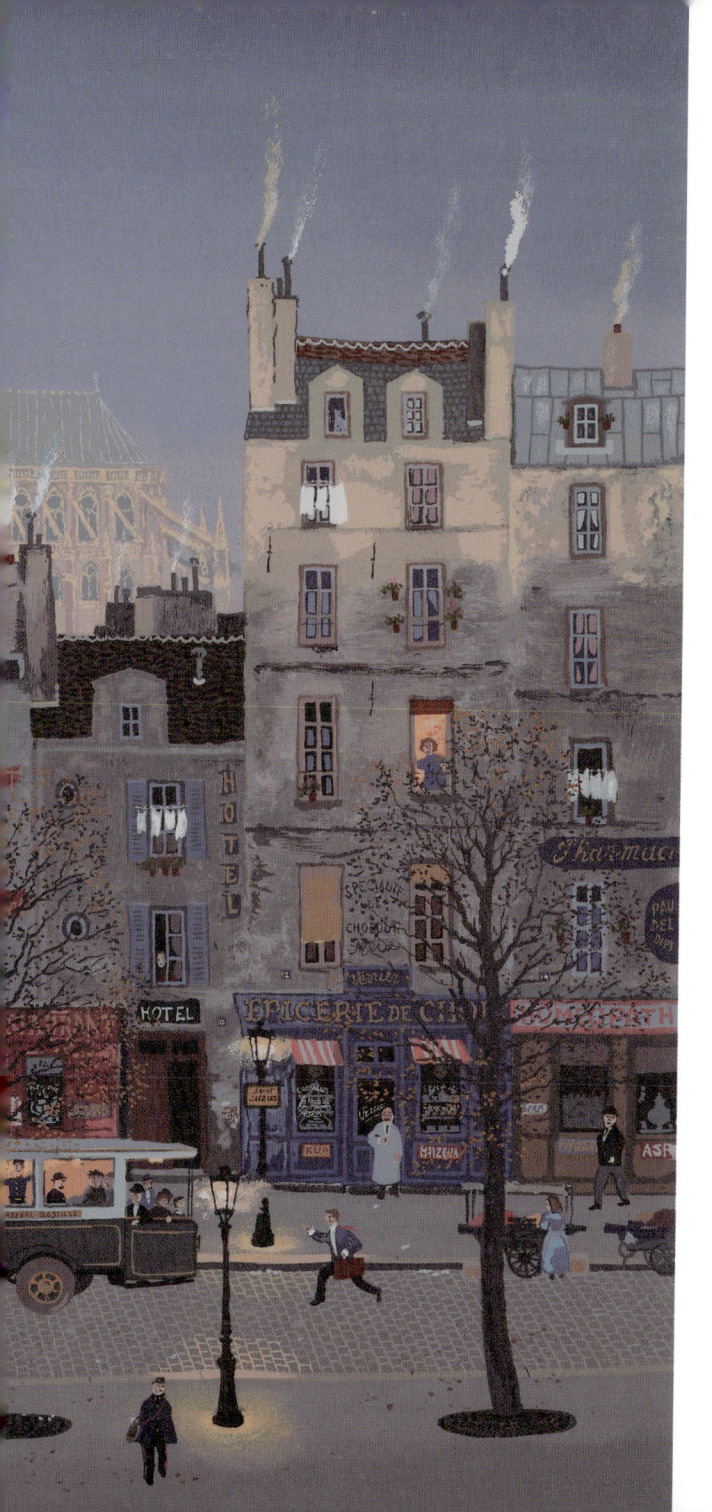

아침의 첫 햇살

Premier rayon du soleil,
66.5×75.5cm, Serigraph on Paper, 1995.

(본인의 작품을 나이브 아트로 일컫는 것에 대해 묻자)

나이브 아트보다는 '과거를 시적으로 그림'이란
표현이 저에게 더 맞는 표현이 아닐까 합니다.

*Plutôt qu'art naïf, je pense que 'peindre le
passé poétiquement' est l'expression qui me
décrit le mieux.*

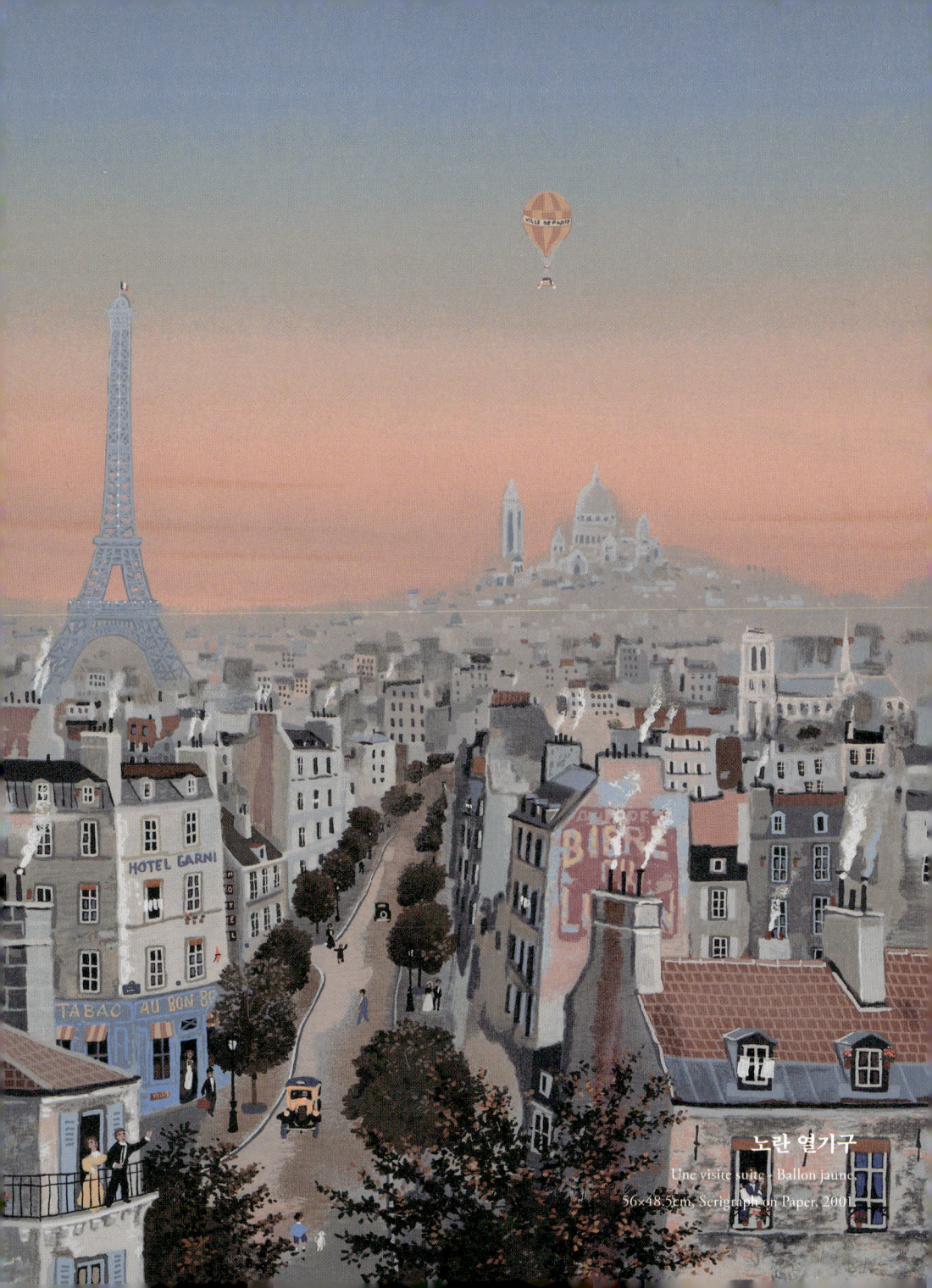

노란 열기구
Une visite suite - Ballon jaune
56×48.5cm, Serigraph on Paper, 2001

저의 풍경이자 환경이었으니

자연히 파리의 명소들을 많이 그릴 수밖에요.

저는 제가 살았던 곳을 애기할 뿐입니다.

어떻게 이야기할 수 있냐고요?

명소들은 친구와도 같은 존재죠.

에펠탑, 개선문 등 모든 명소는 모두에게 속해있어요.

우리의 문화유산이죠. 이것은 우리 삶의 일부입니다.

C'était à la fois mon paysage et mon environnement, donc je ne pouvais pas m'empêcher de dessiner beaucoup de sites célèbres de Paris. Je ne fais que raconter ce que j'ai vécu. Comment puis-je en parler me direz-vous ? Les endroits célèbres sont comme des amis. Tous les monuments célèbres tels que la Tour Eiffel et l'Arc de Triomphe appartiennent à tout le monde. C'est notre héritage culturel. Ça fait partie de notre vie.

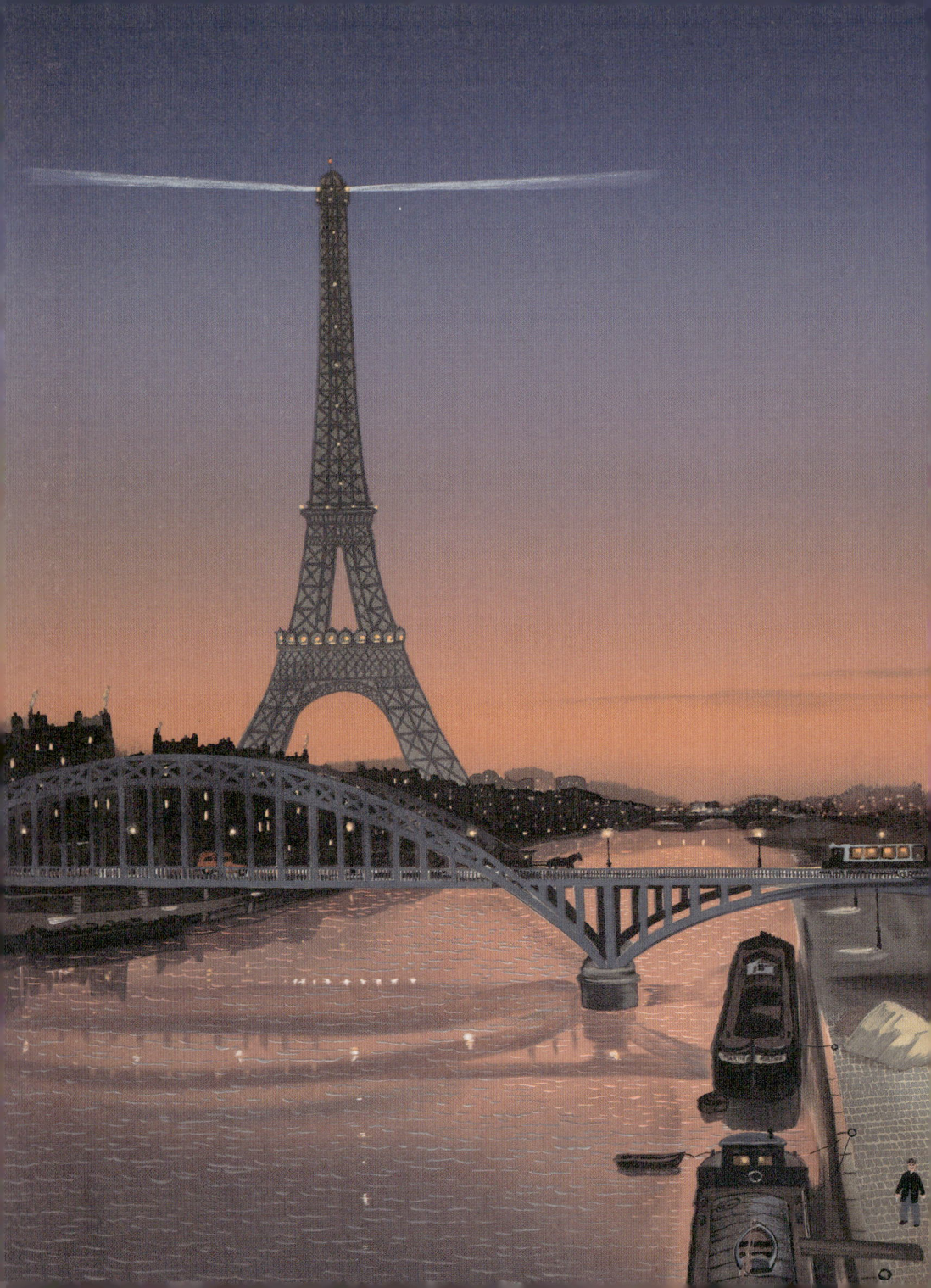

분홍빛 하늘 속의 에펠탑

Tour Eiffel au ciel rose,
78×67cm, Lithograph on Paper, 1993.

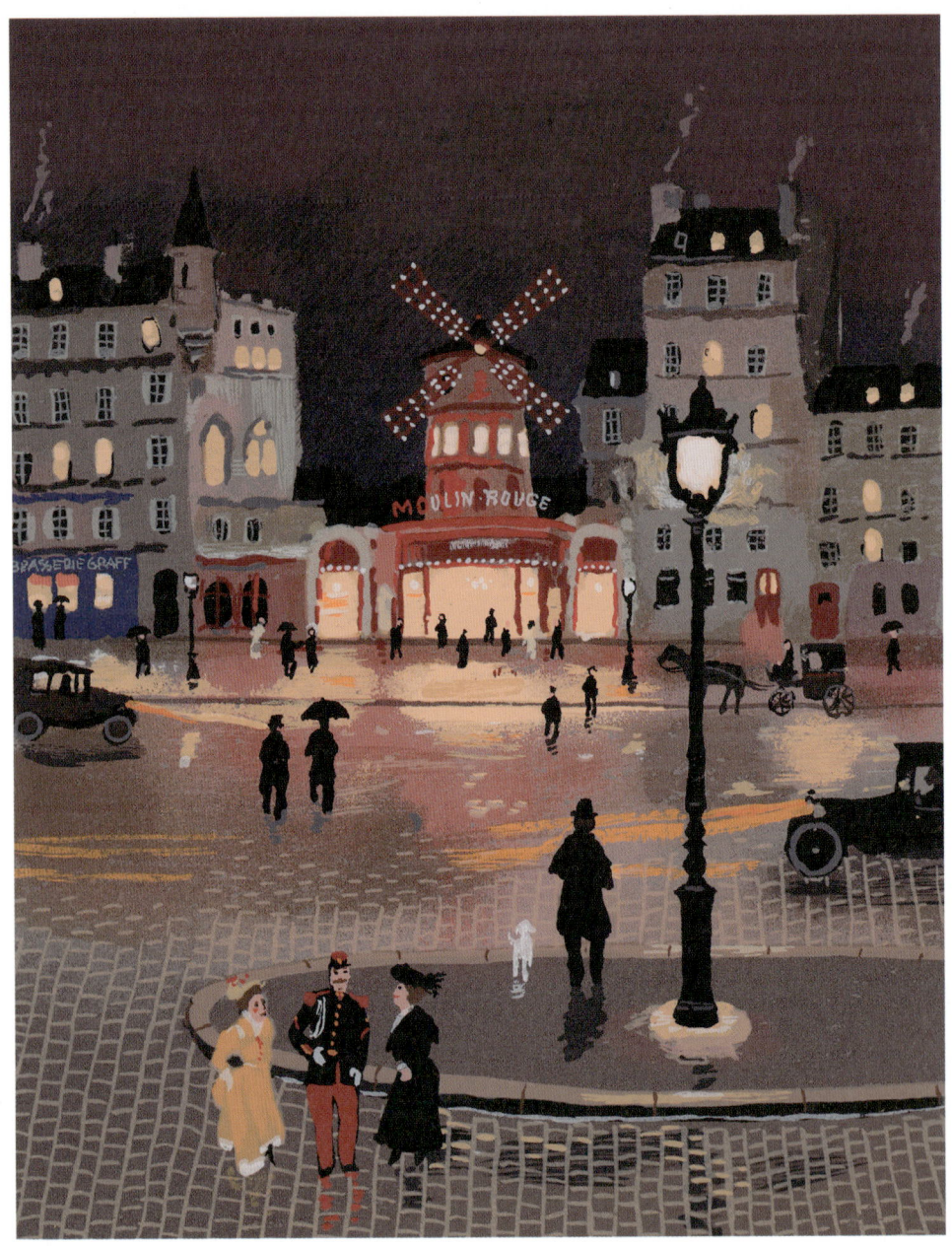

위대한 명소 – 물랭 루주

Grand monuments - Moulin Rouge,

34.2×25.5cm, Serigraph on Paper, 2007.

파리 노트르담 성당 역시 우리의 문화유산이지요.

우리는 이것을 파리의 심장,

그리고 프랑스의 심장이라 말하곤 합니다.

Notre-Dame de Paris est aussi notre patrimoine culturel.

On appelle ça le cœur de Paris, le cœur de la France.

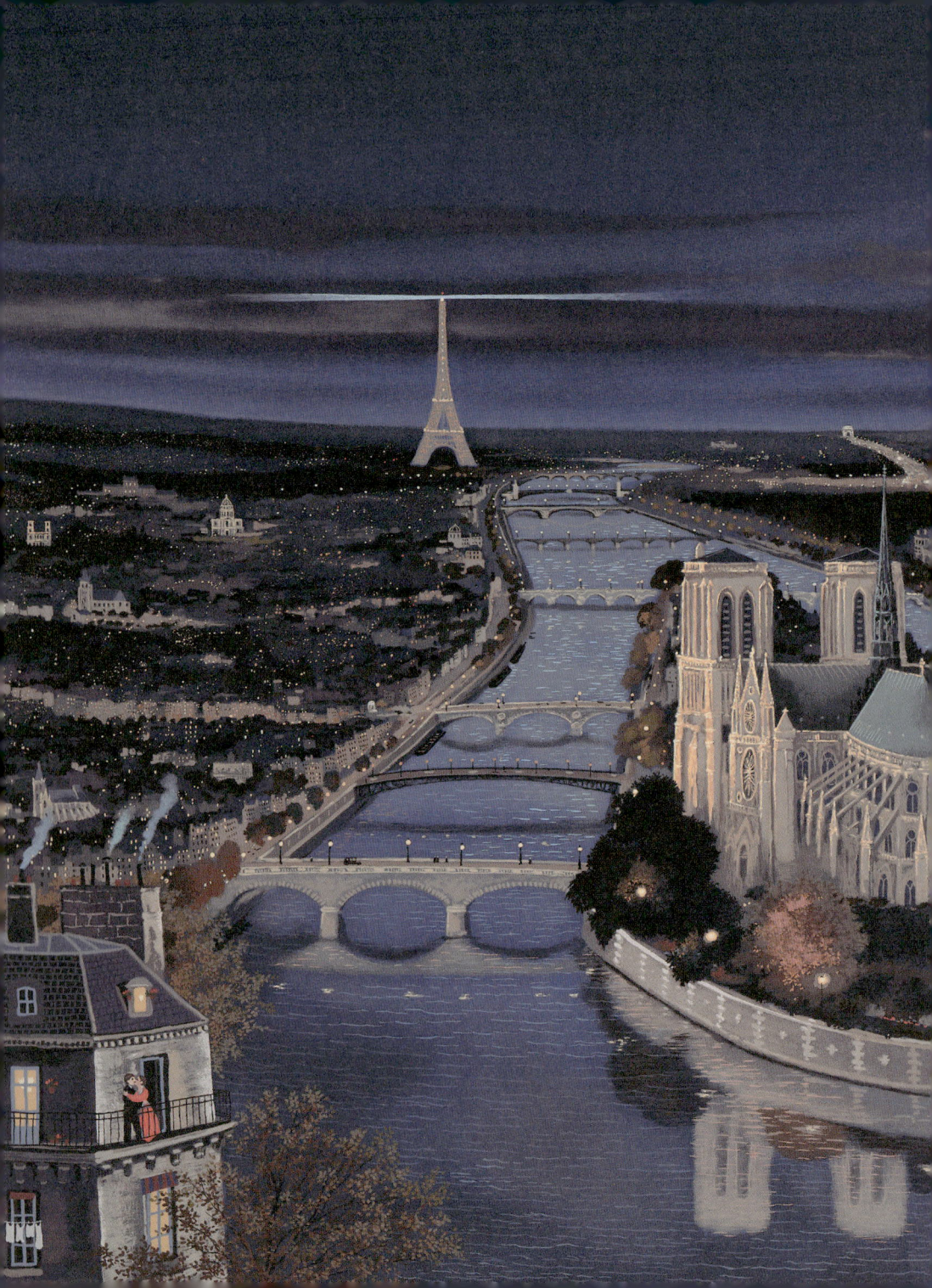

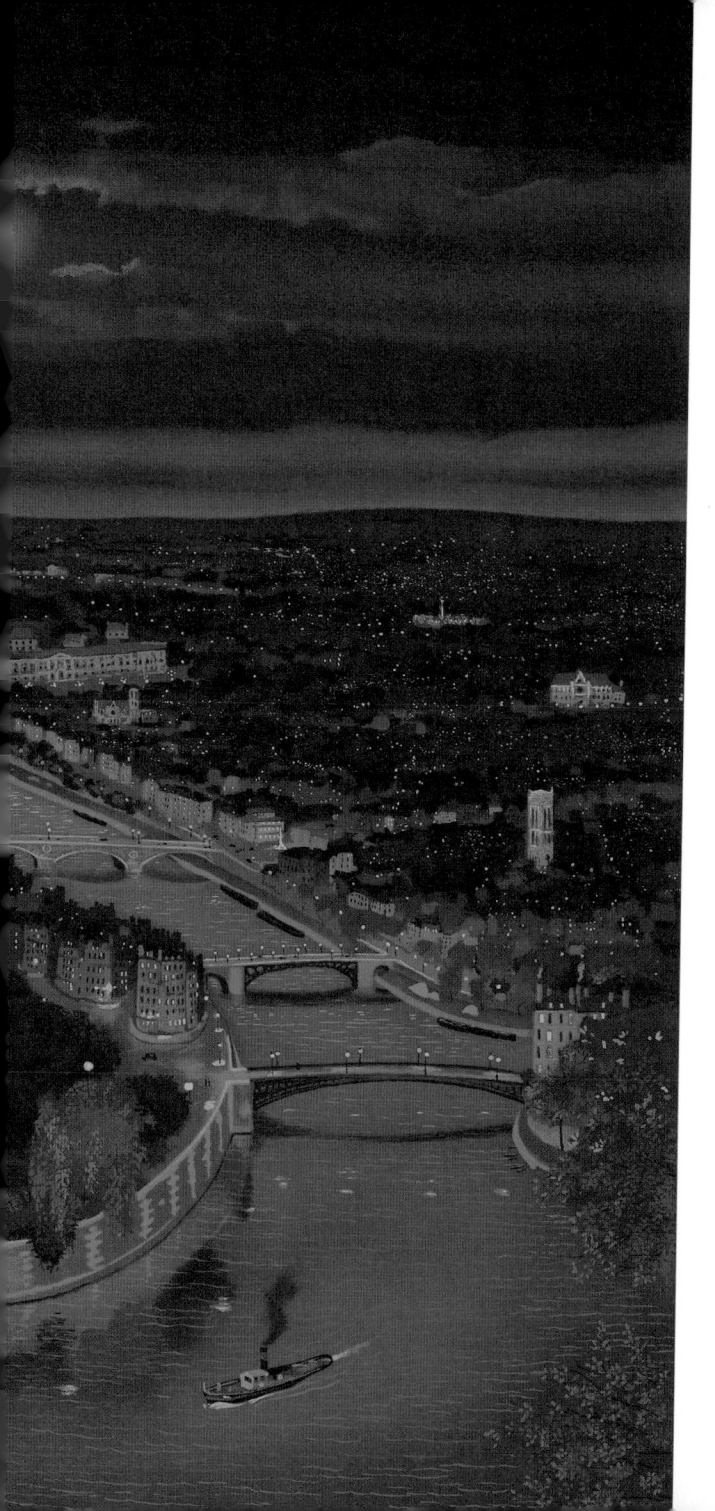

파리의 심장

Le cœur de Paris,
90×102cm, Serigraph on Paper, 1998.

Part 2

여름방학,
가장 행복한 한때

les vacances

le moment le

파리의 하늘 아래 노래 하나가 날아오른다.

오늘 한 소년의 마음에서 태어난 노래.

샹송 〈파리의 하늘 아래〉

Sous le ciel de Paris s'envole une chanson.

Elle est née aujourd'hui dans le cœur d'un garçon.

d'été,

plus heureux

미셸이 일곱 살이 되던 해 제2차 세계대전이 발발했다.

그는 친척들의 집이 있던 이보르Ivors에서

소박하게 전쟁을 이겨낼 수 있었다.

미셸은 교육공무원이었던 아버지 덕분에

부족하지도 풍족하지도 않은

농민 부르주아적인 삶을 살 수 있었으며,

어머니와 나비를 채집하거나

나무 아래서 노을을 바라보는 등 추억이 가득한

행복한 유년기를 보냈다.

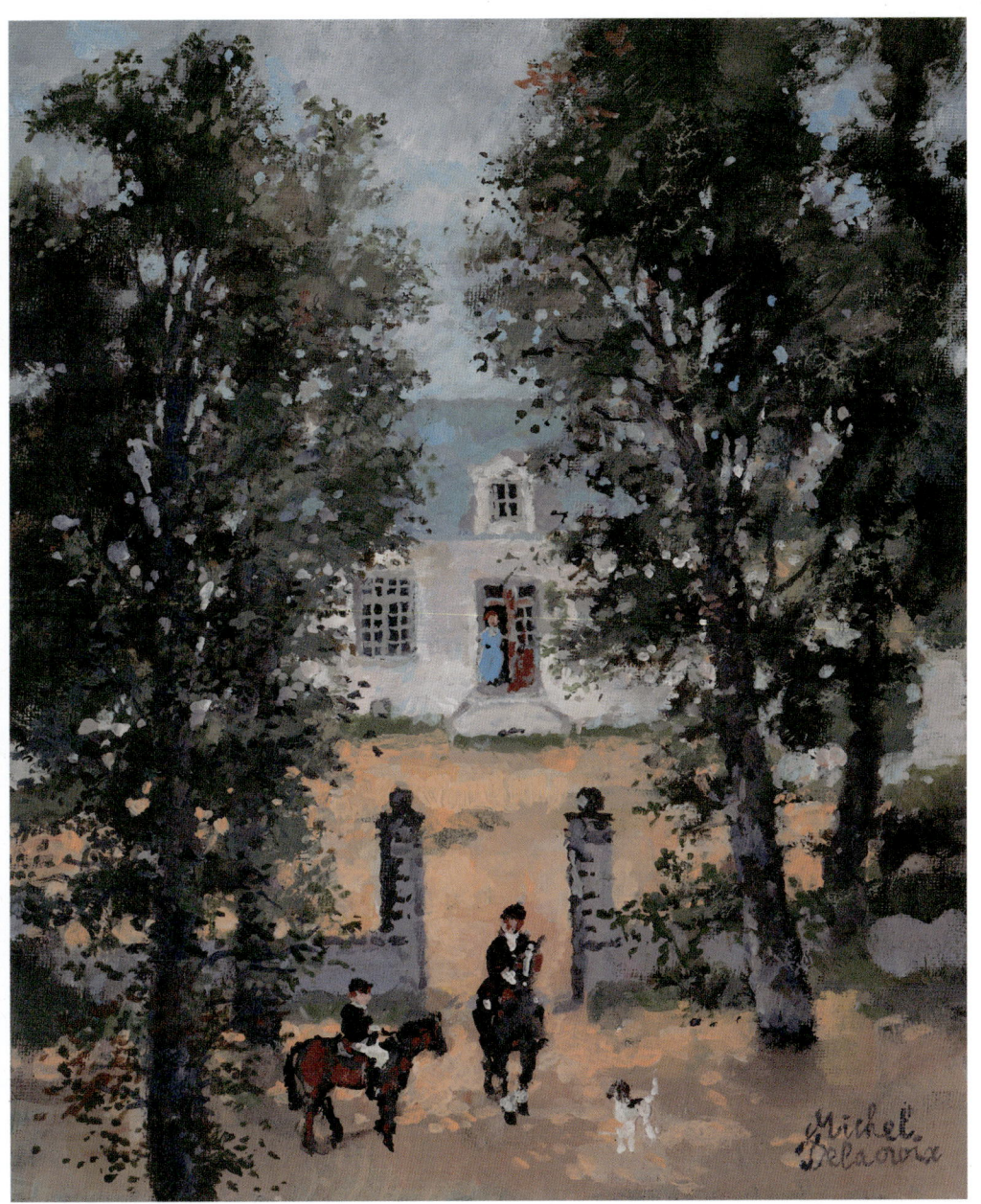

아버지와 아들

Père et fils,

30×24cm, Acrylic on Board, 2023.

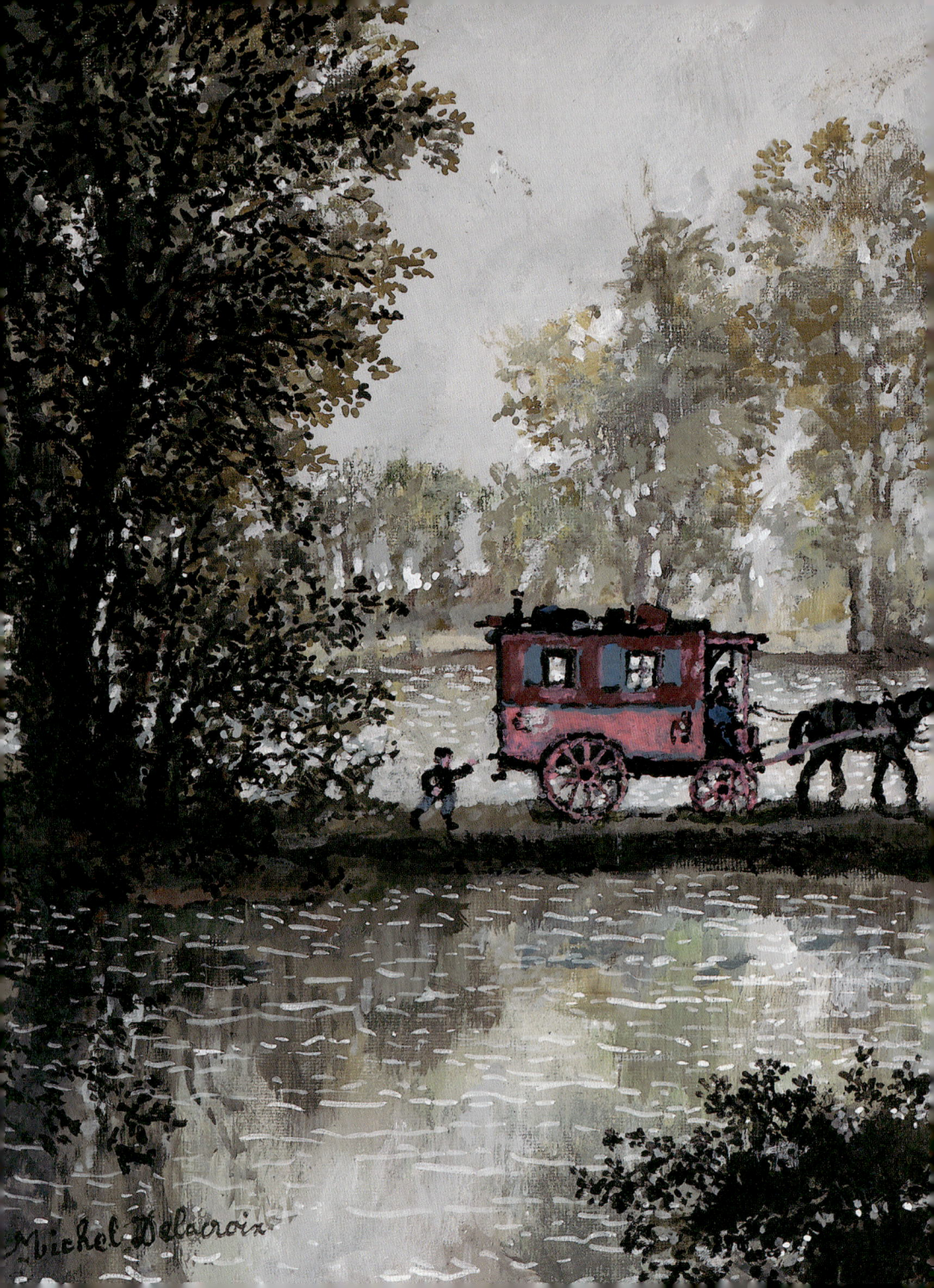

Michel Delacroix

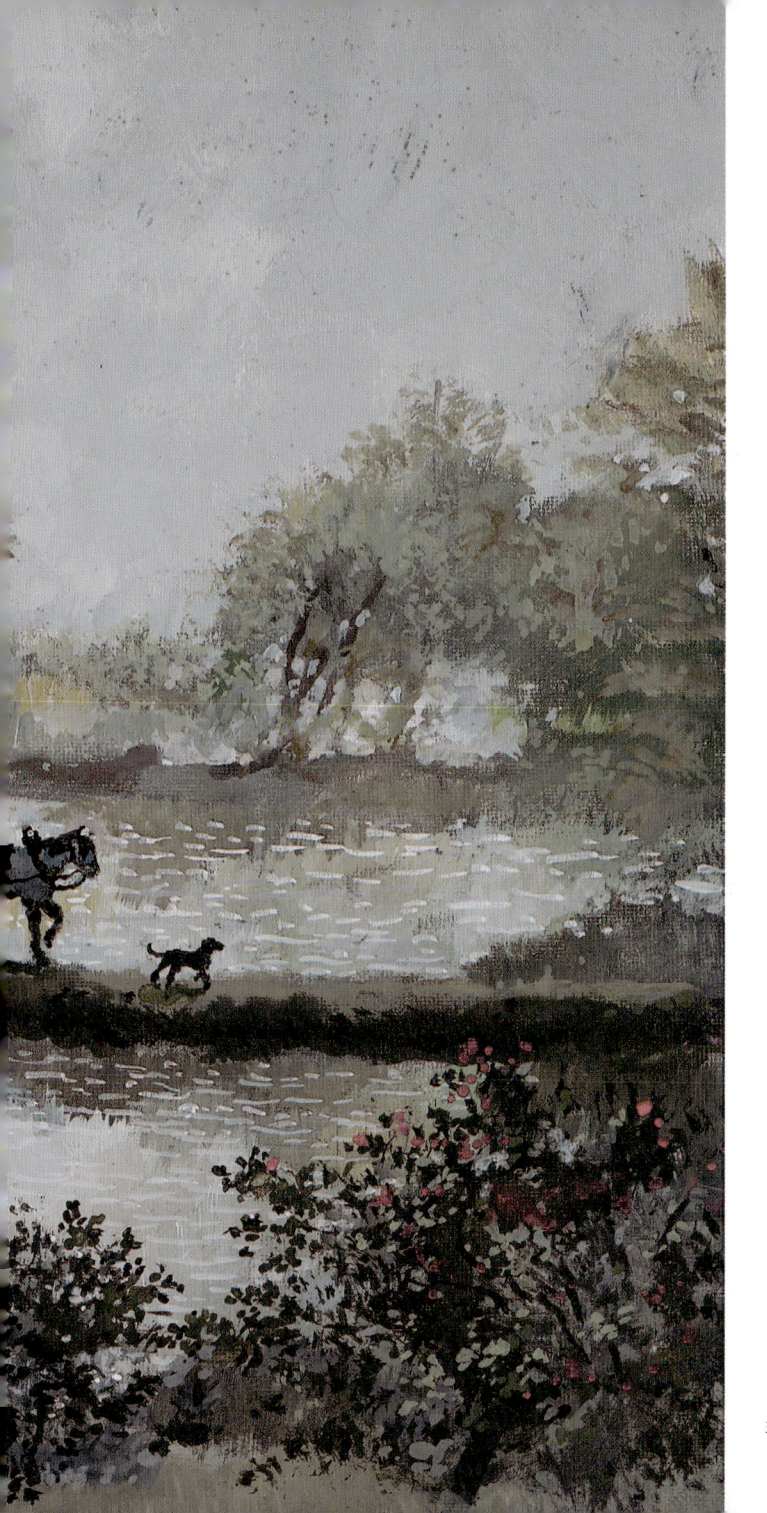

여행객들

Les gens du voyage,
33×40cm, Acrylic on canvas, 2024.

방학, 특히 긴 여름방학은

저 같은 소년의 일상에서 행복한 한때였지요.

이보르에서는 시간이 천천히 흘렀고 하늘은 언제나 푸르렀으며,

그곳에는 제 친구들이 있었습니다.

Les vacances, en particulier les longues vacances d'été,

étaient des moments heureux dans la vie quotidienne d'un garçon comme moi.

Le temps s'est écoulé lentement à Ivors,

le ciel était toujours bleu et il y avait mes amis.

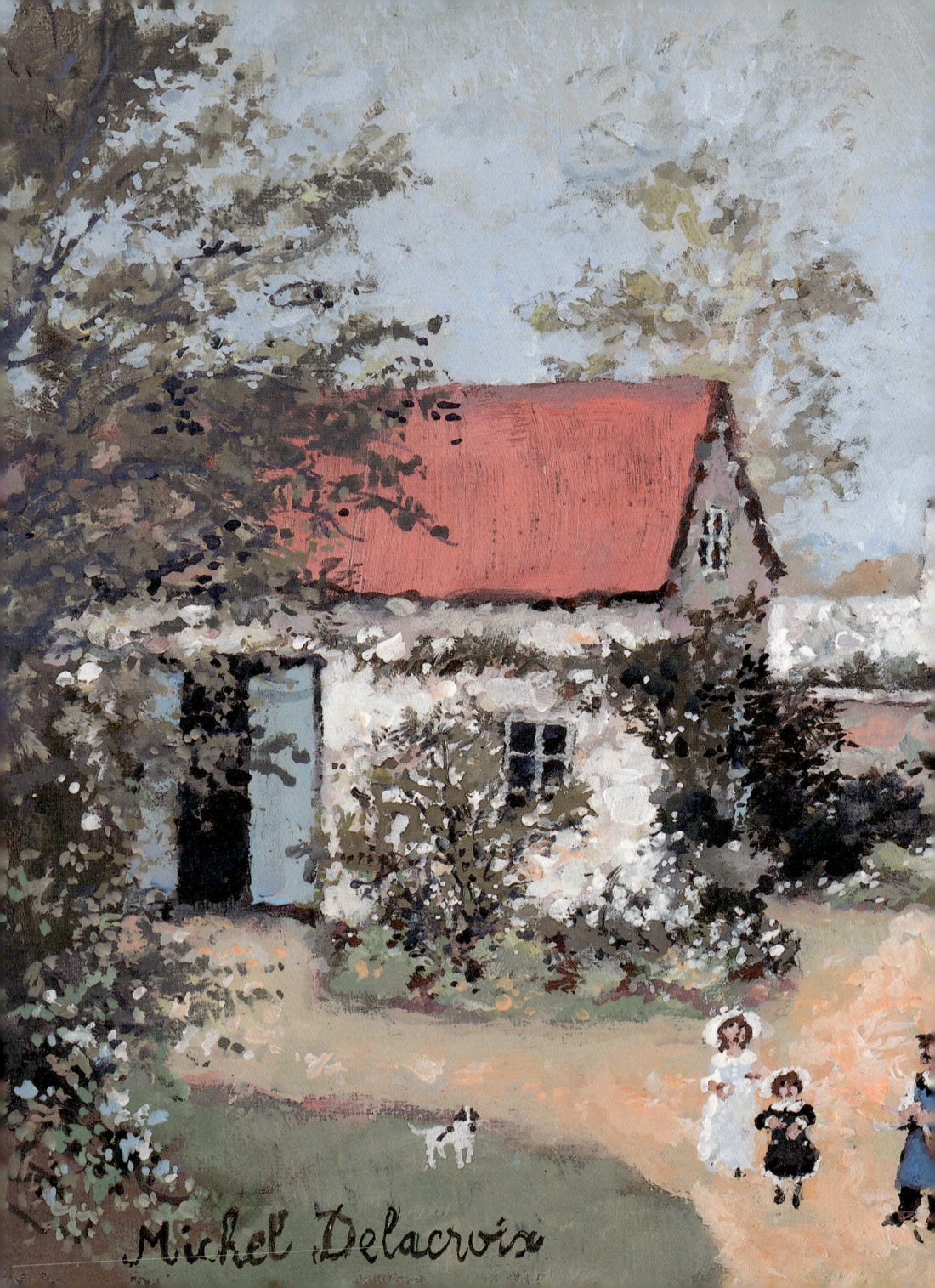

Michel Delacroix

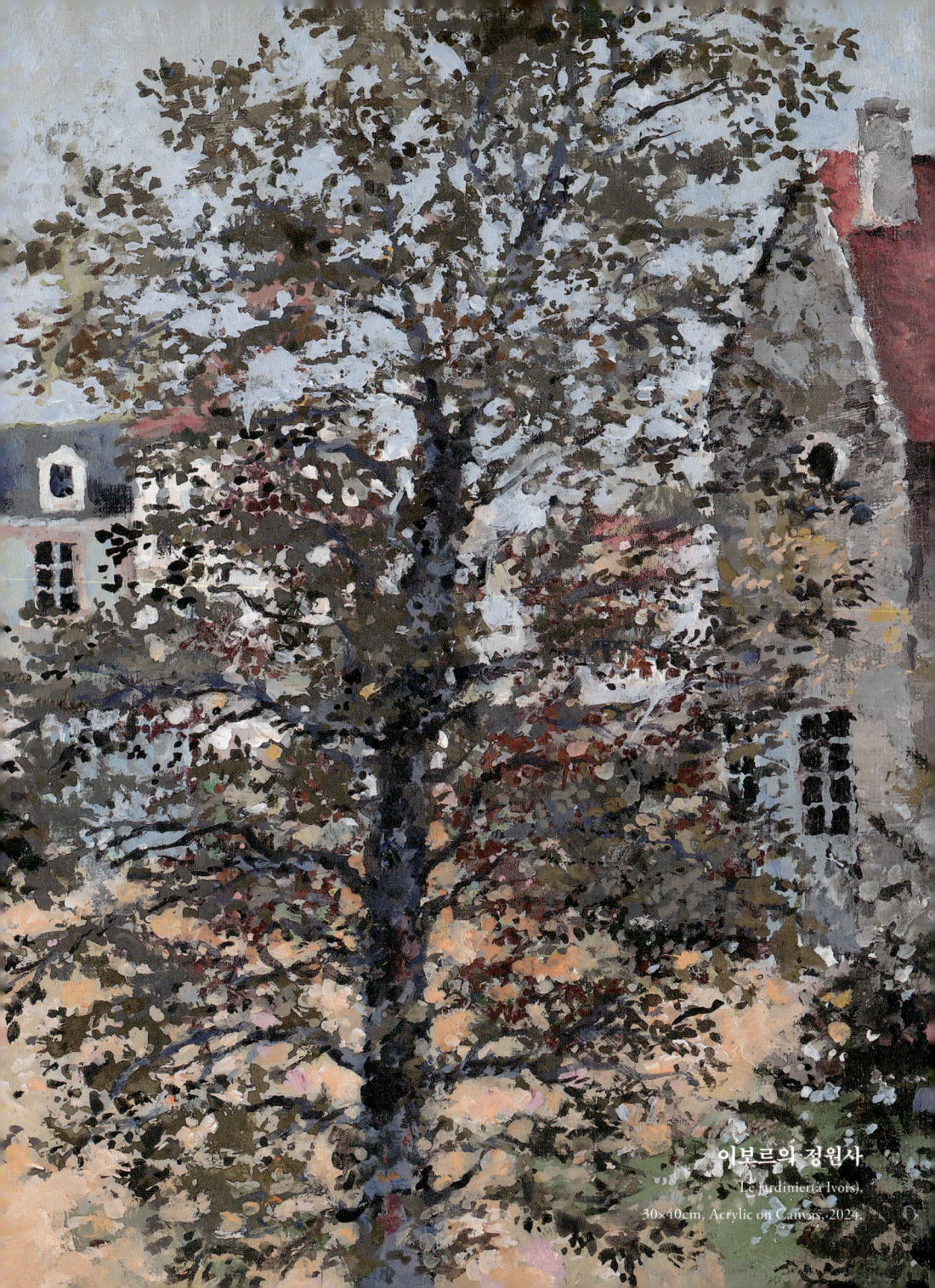

이브르의 정원사
Le jardinier(a Ivors),
30×40cm, Acrylic on Canvas, 2024.

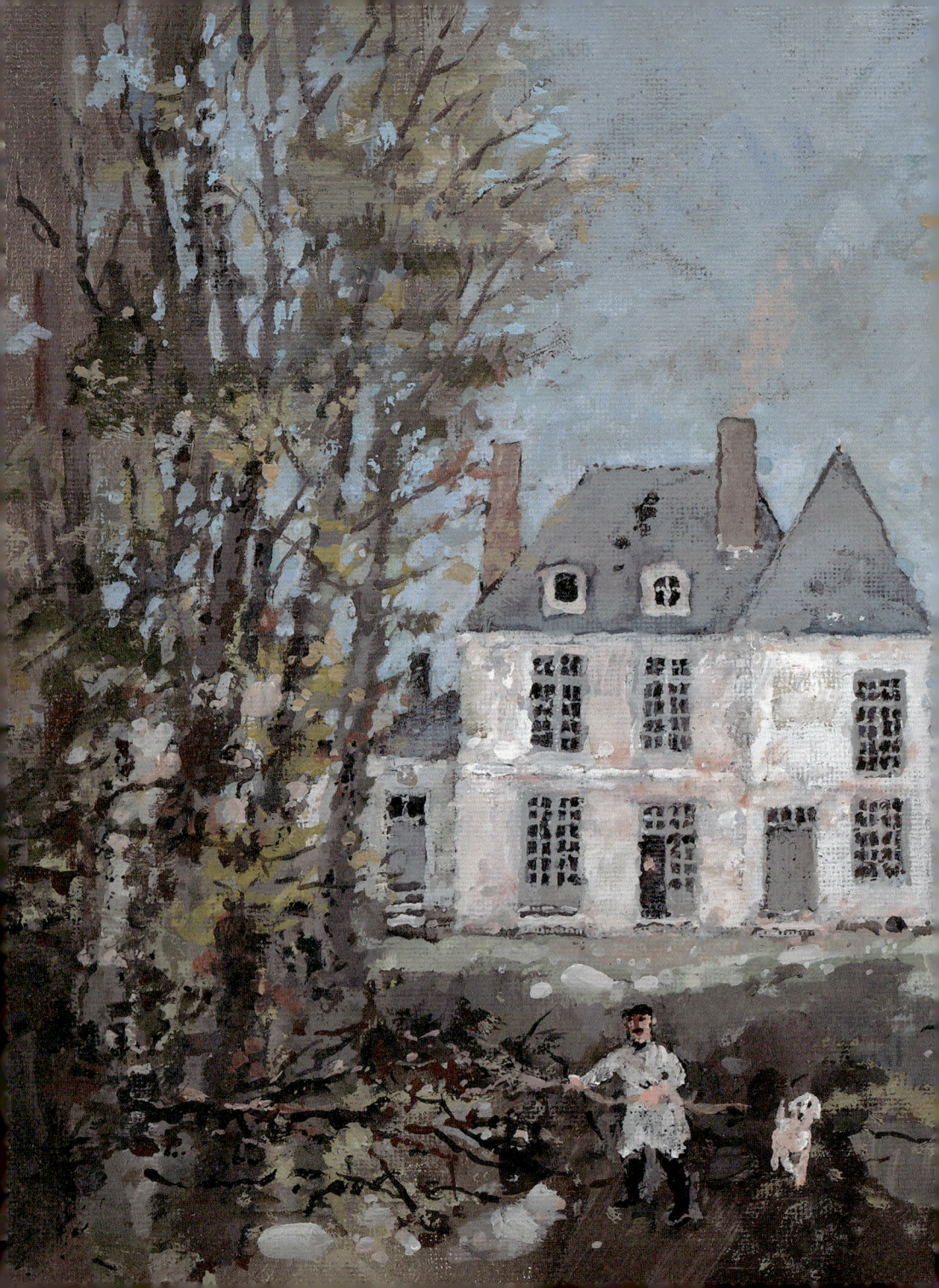

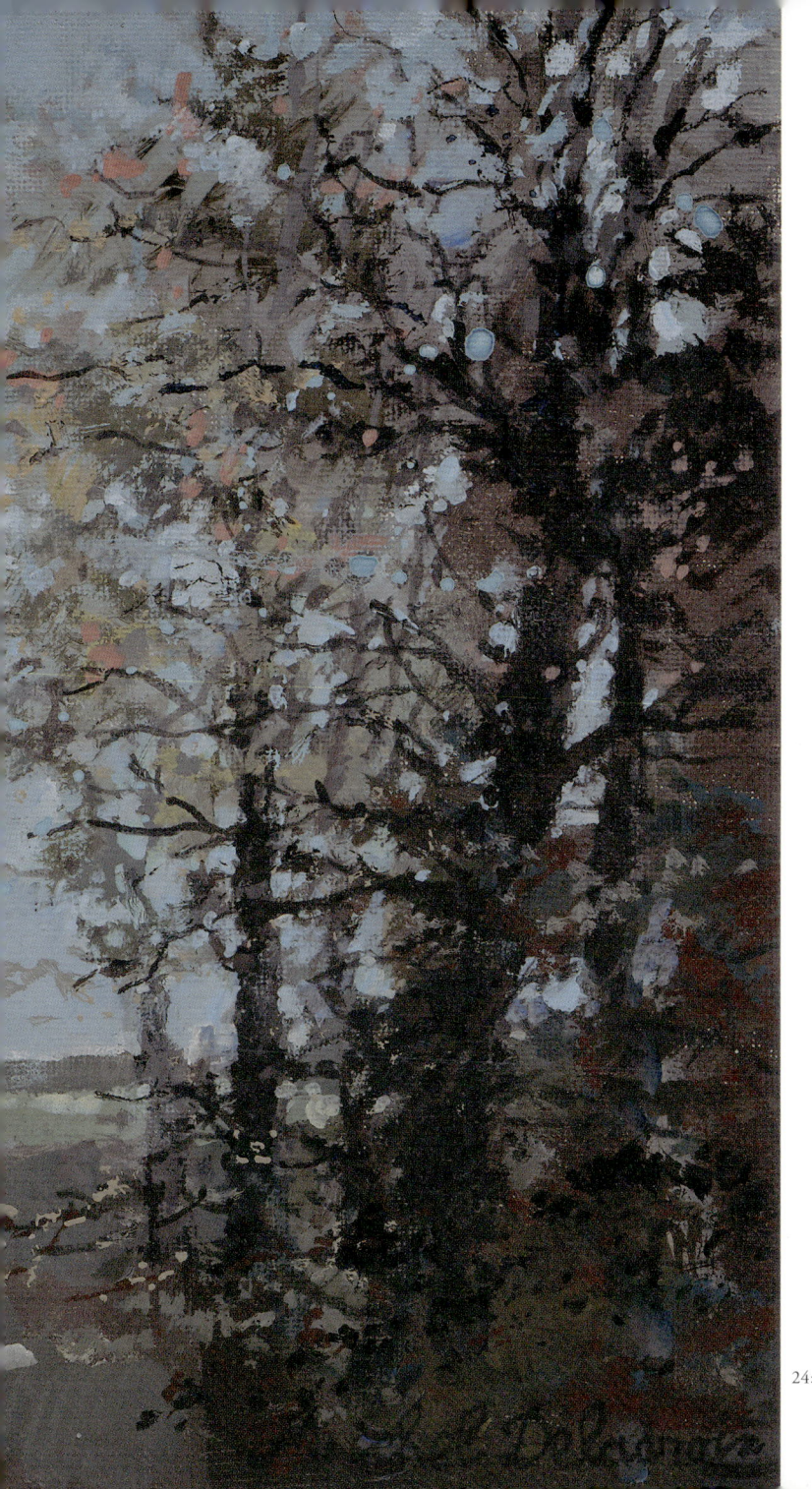

이보르 성

Le château d'Ivors,
24×30cm, Acrylic on Canvas,
2023.

미셸은 어머니와 함께 종종 라 퐁텐Rue de la Fontaine이라 불리던
움푹한 길에 가서 나비를 잡으며 놀곤 했다.
어린 미셸은 나비에 흠뻑 빠진 나머지 감탄했고,
덕분에 그들의 이름을 아주 잘 알았다.

공작나비, 줄나비, 크고 작은 호랑나비,
독특하게 아름답던 제비나비,
조금 무섭게 생긴 박각시나방 같은 것들을
초록색의 곤충채집망으로 잡아서 과일잼병에 넣고는
가엾게도 금세 그들을 잊고 말았다고.

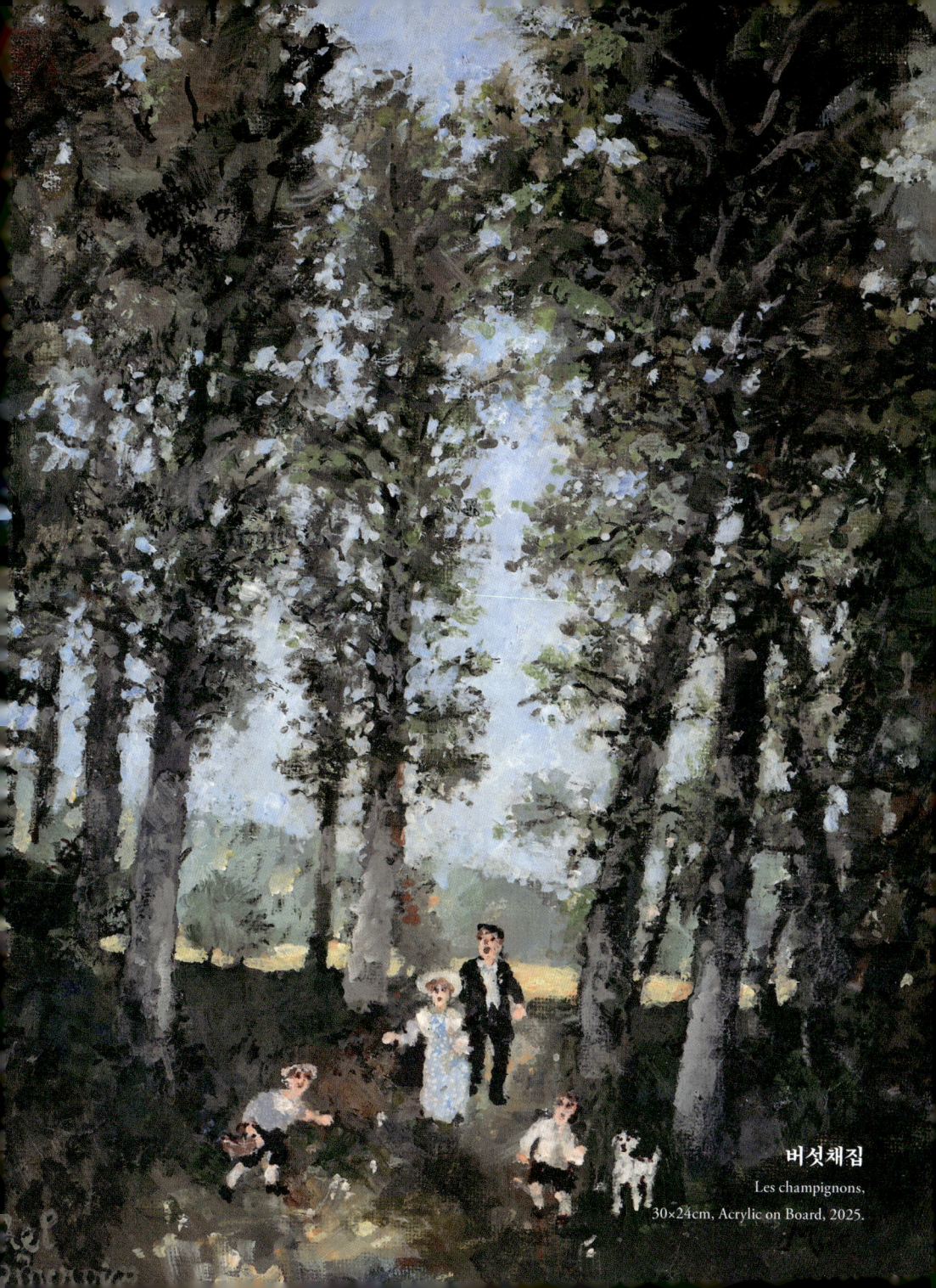

버섯채집
Les champignons,
30×24cm, Acrylic on Board, 2025.

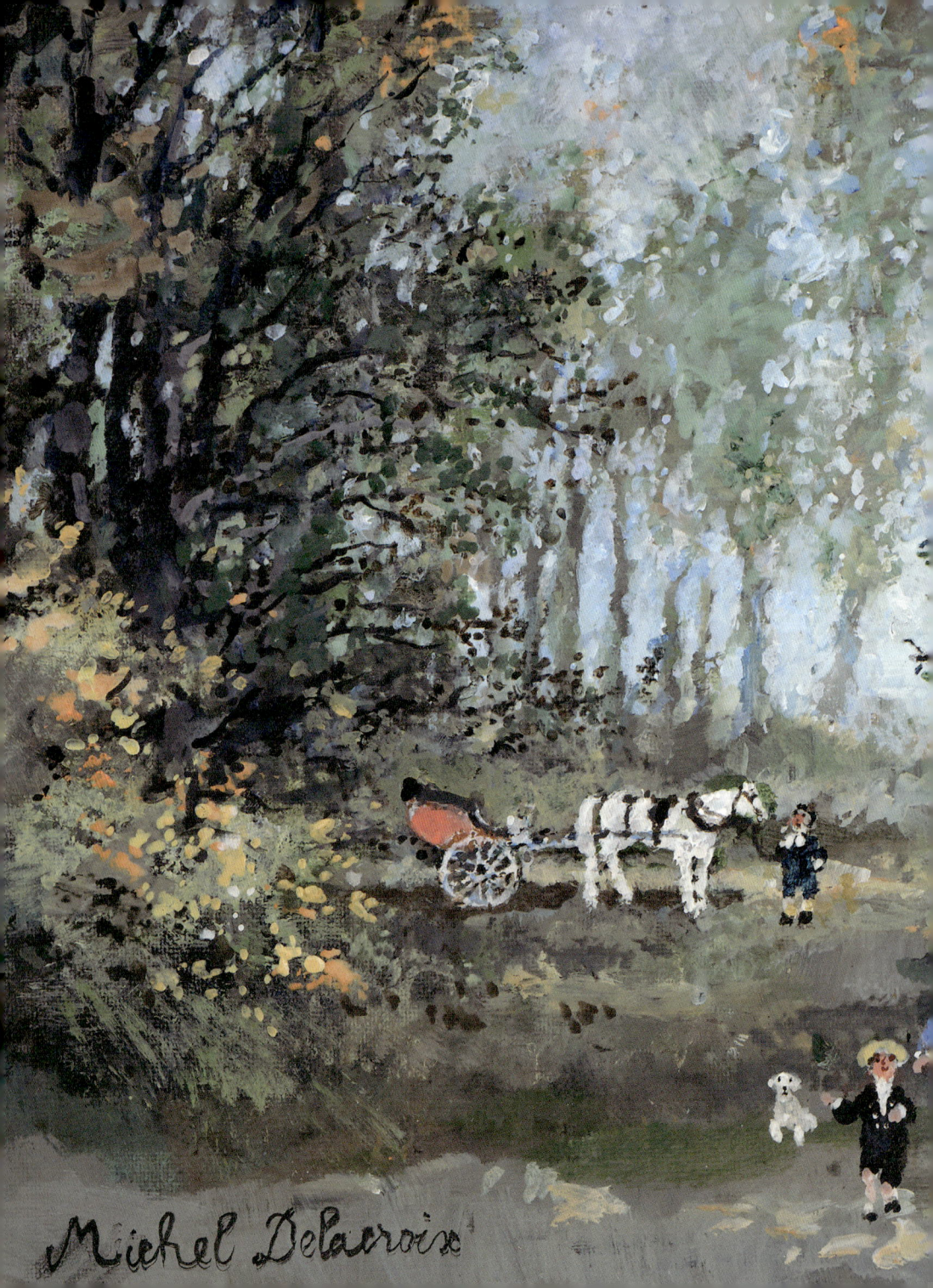

Michel Delacroix

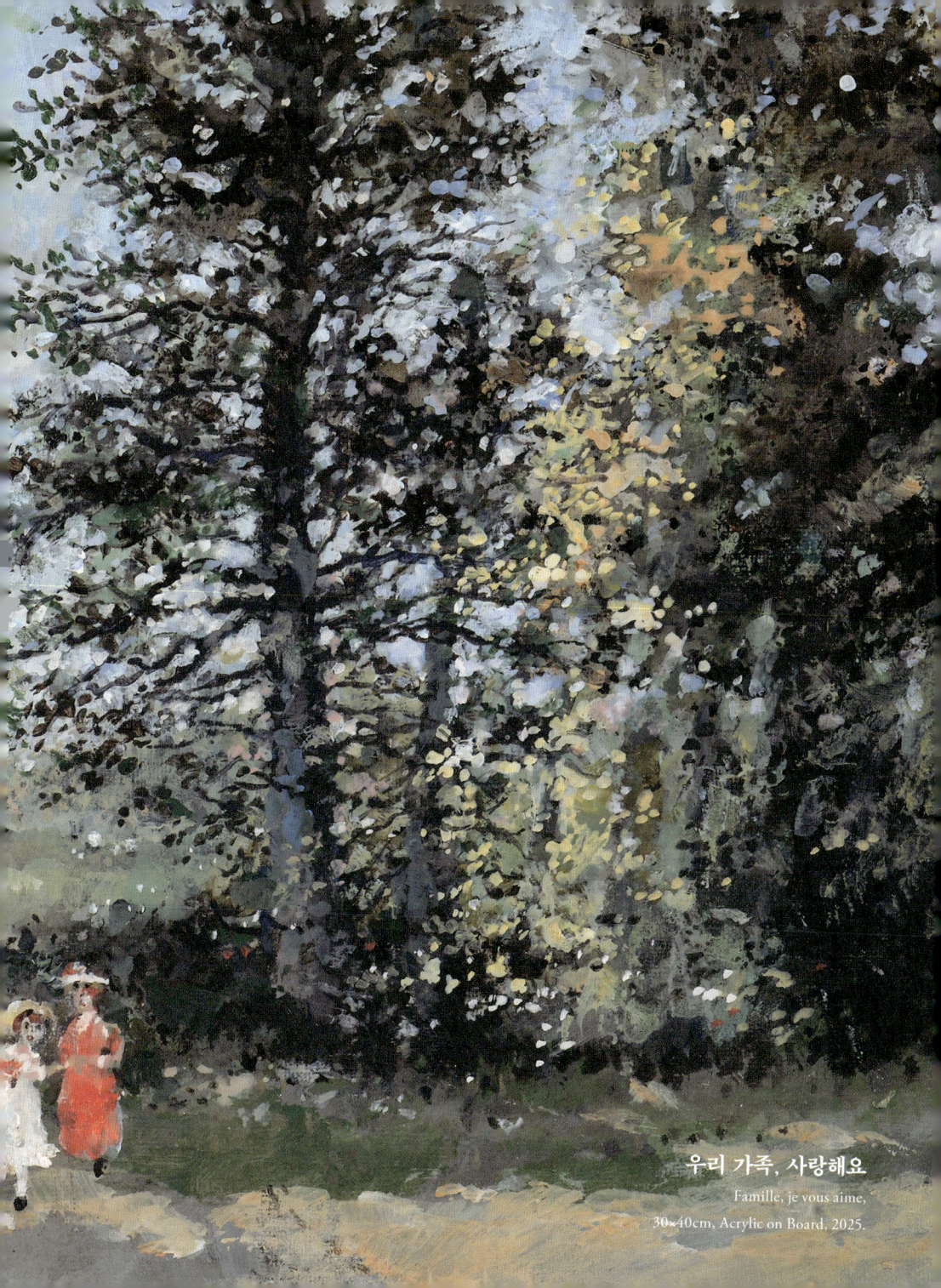

우리 가족, 사랑해요
Famille, je vous aime,
30×40cm, Acrylic on Board, 2025.

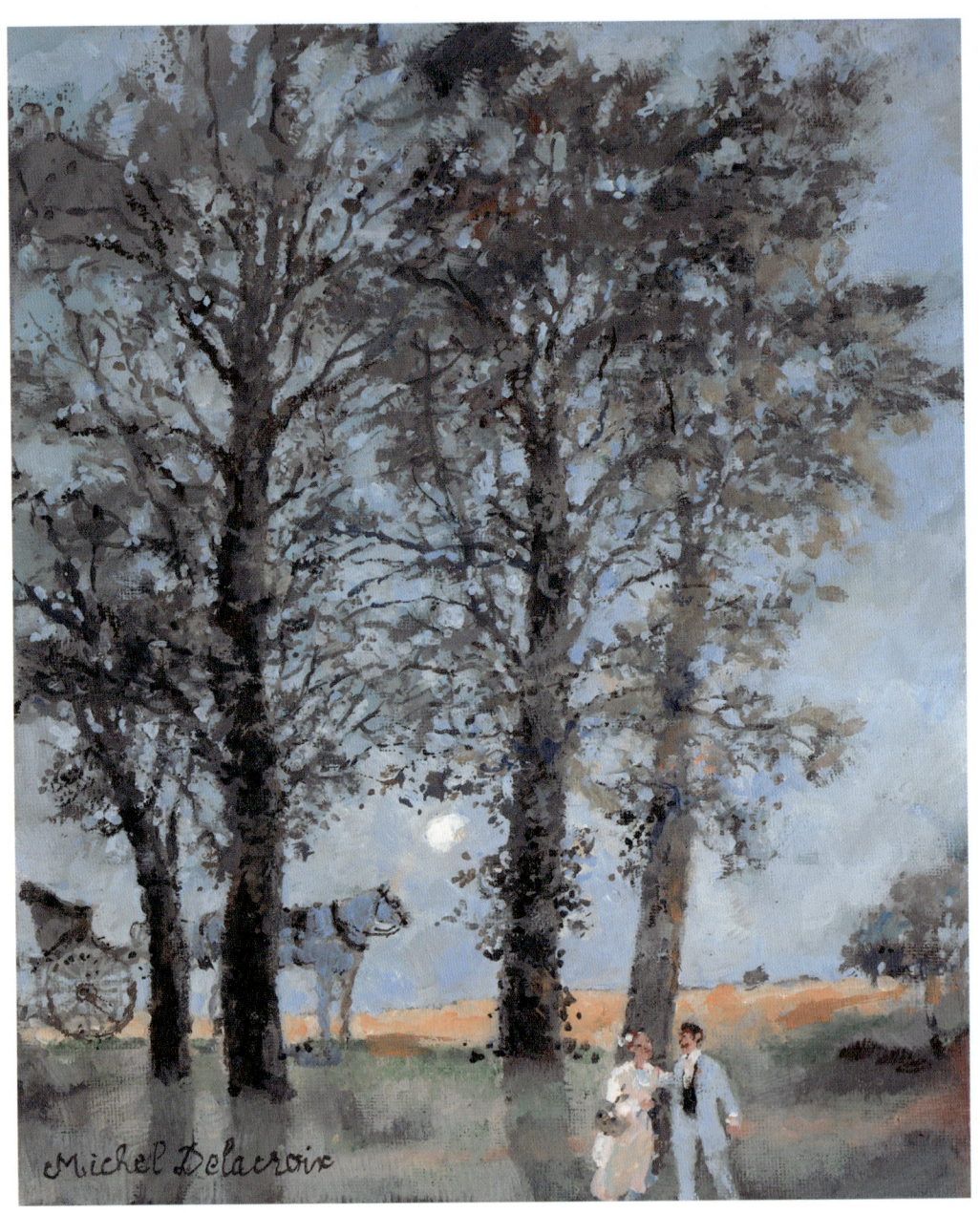

만남

Le Rendez-vous,

30×24cm, Acrylic on Board, 2024.

어머니와 감상하던 석양 또한

잊을 수 없는 추억이었다.

일찌감치 저녁을 먹고 바르니_{Bargny} 길을 지키고 있는

떡갈나무 밑동에 자리를 잡은 뒤

어머니가 커다란 망토로 그를 감싸주면

축제가 시작됐다.

무료로 볼 수 있는 실로 엄청난 광경이었다.

처음에는 눈부신 빛과 색의 향연이었다가

마침내 자줏빛으로

물들어 가는 태양은

지평선 너머로 장엄하게 스러져 갔다.

밤은 한순간에 찾아왔고,

잠이 든 그는 어머니의 품에 안겨

집으로 돌아오곤 했다.

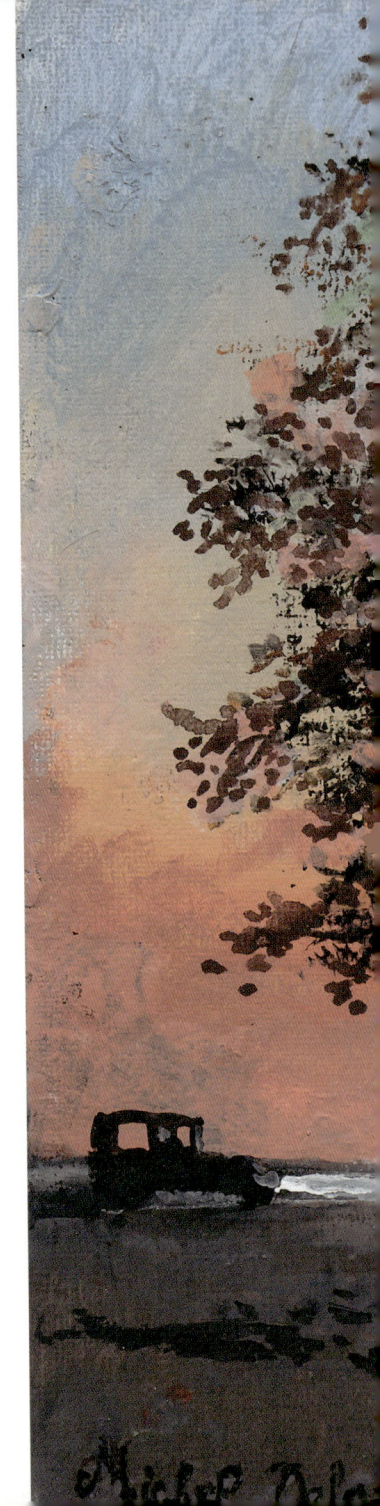

저녁, 수와송으로의 길

Route de Soissons, le soir,
25×25cm, Acrylic on Board, 2025.

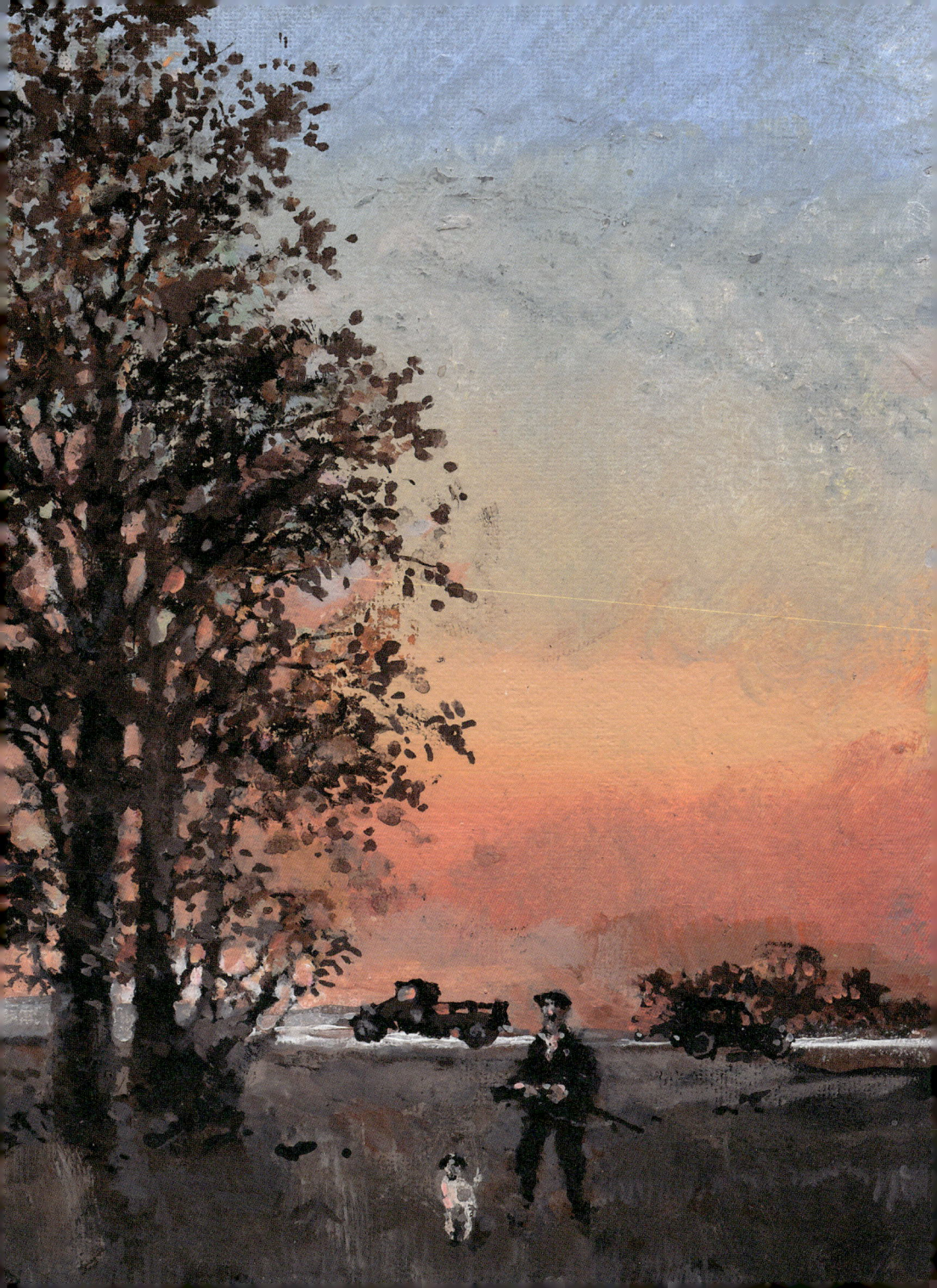

Michel Delacroix

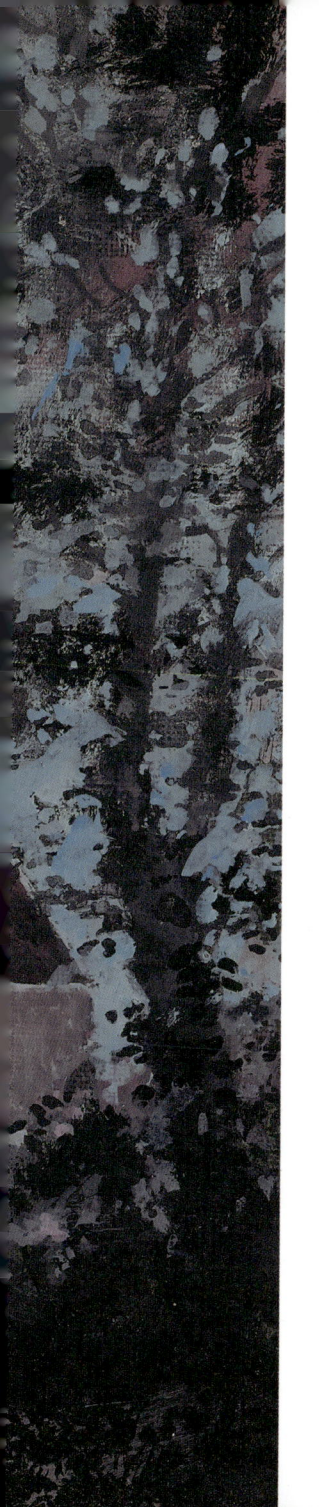

달빛 소나타
La sonate au clair de lune,
25×25cm, Acrylic on Board, 2024.

어린 미셸에게 숲은 좋은 기억만 간직한 곳은 아니었다. 그가 꼽은 어린 시절 악몽 같던 일 중 하나가 바로 보이 스카우트 활동이다. 당시에는 사내아이라면 당연히 거쳐야 할 코스였는데, 그는 '바보 같은 노래들(행진곡)'부터 복잡한 매듭 묶기나 불 피우기를 배우는 것 등 모든 것을 견디기 힘들었다고 회고한다.

그는 청소년기에 기마 수렵을 배우기도 했다. 한 무리의 개가 사슴이나 멧돼지 같은 동물들을 쫓고 그에 지친 동물이 쓰러지면 단검으로 죽이는 행위였다.

고함, 트럼펫 팡파르, 포석 위를 질주하는 말발굽 소리…. 당시 4~50마리의 개와 기수가 숲을 정복하려 소란을 피우는 광경은 실로 처참했지만, 거친 매혹과 야만적인 도취에 저항하기란 불가능했다.

그러다 어느 화창한 날, 어린 미셸은 일행과 떨어져 곧 죽게 될 불쌍한 동물을 만나게 되었다. 그리고 그때부터 그는 수렵을 그만뒀다.

아흔이 넘었지만, 그는 아직도 과거의 메아리가 자신을 쫓는다고 말한다. 그의 작품에 숲속에서 길을 잃은 기수들이 종종 등장하는 것도 이런 연유다.

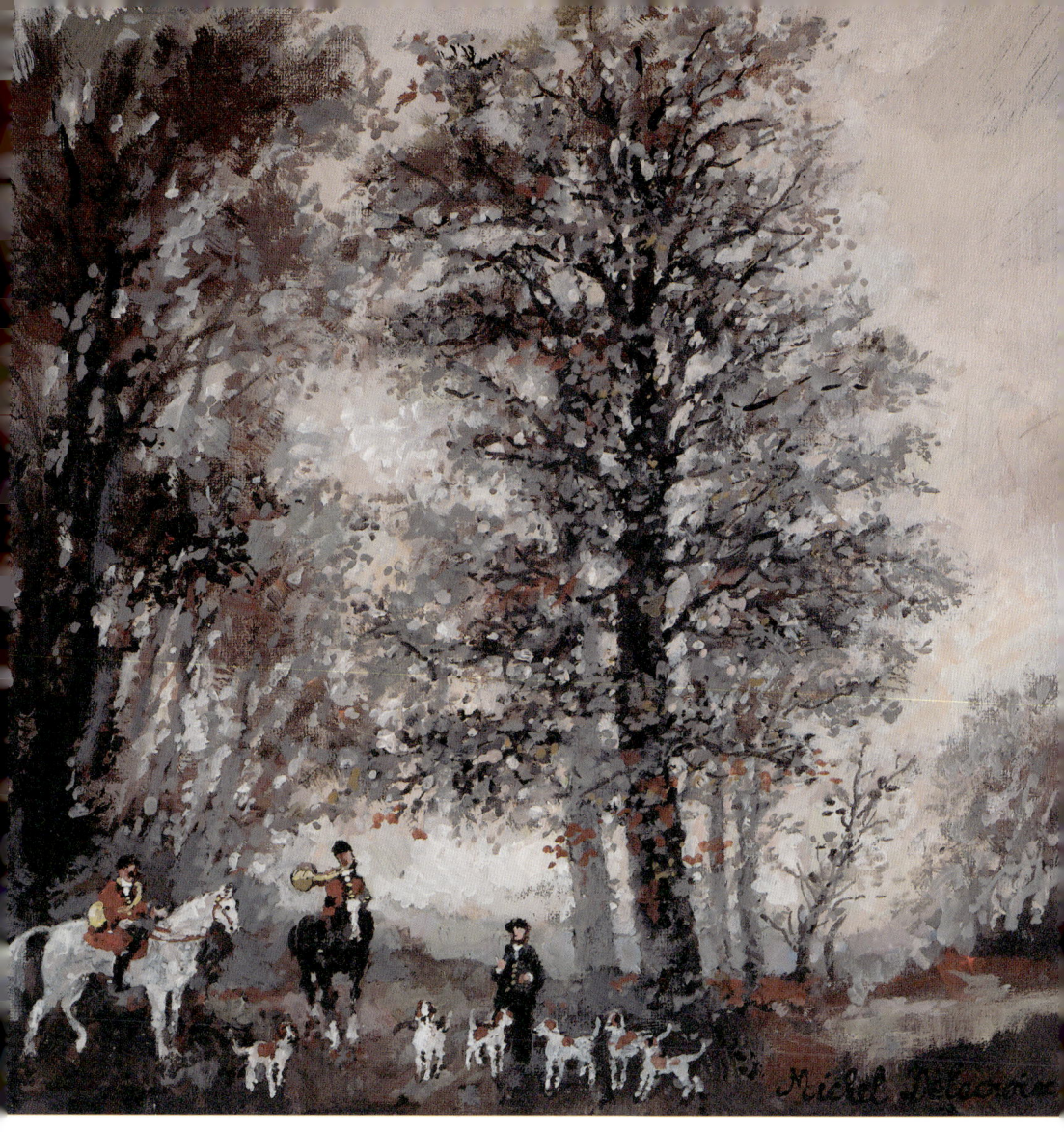

여섯 마리의 개

Les six chiens,

30.5×30.5cm, Acrylic on canvas, 2024.

인생은 늘 여름방학 같을 수 없는 법.

이보르에서 보낸 방학이 즐거울수록 미셸의 학교생활은

힘들기만 했다. 수업 시간은 '잃어버린 시간'이었고,

상상을 통해 그 시간을 '탈출'하고는 했다.

당연하게도 성적은 별 볼 일 없었고
친구와도 잘 어울리지 못했다.
조금은 예민하고 정이 많지만 얌전했던 아이는
'나이에 비해 어린 학생'이라는 평가를 받곤 했다.
당시에는 당연한 교양 수업과 활동으로 여겨진
피아노 수업이나 보이 스카우트 활동은
그에게 괴로움만 줄 뿐이었다.
그럼에도 그의 유년 시절이 행복했던 것은
미술과의 운명적인 만남 때문이 아니었을까.

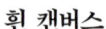

흰 캔버스

La toile blanche,
30×24cm, Acrylic on Board, 2023.

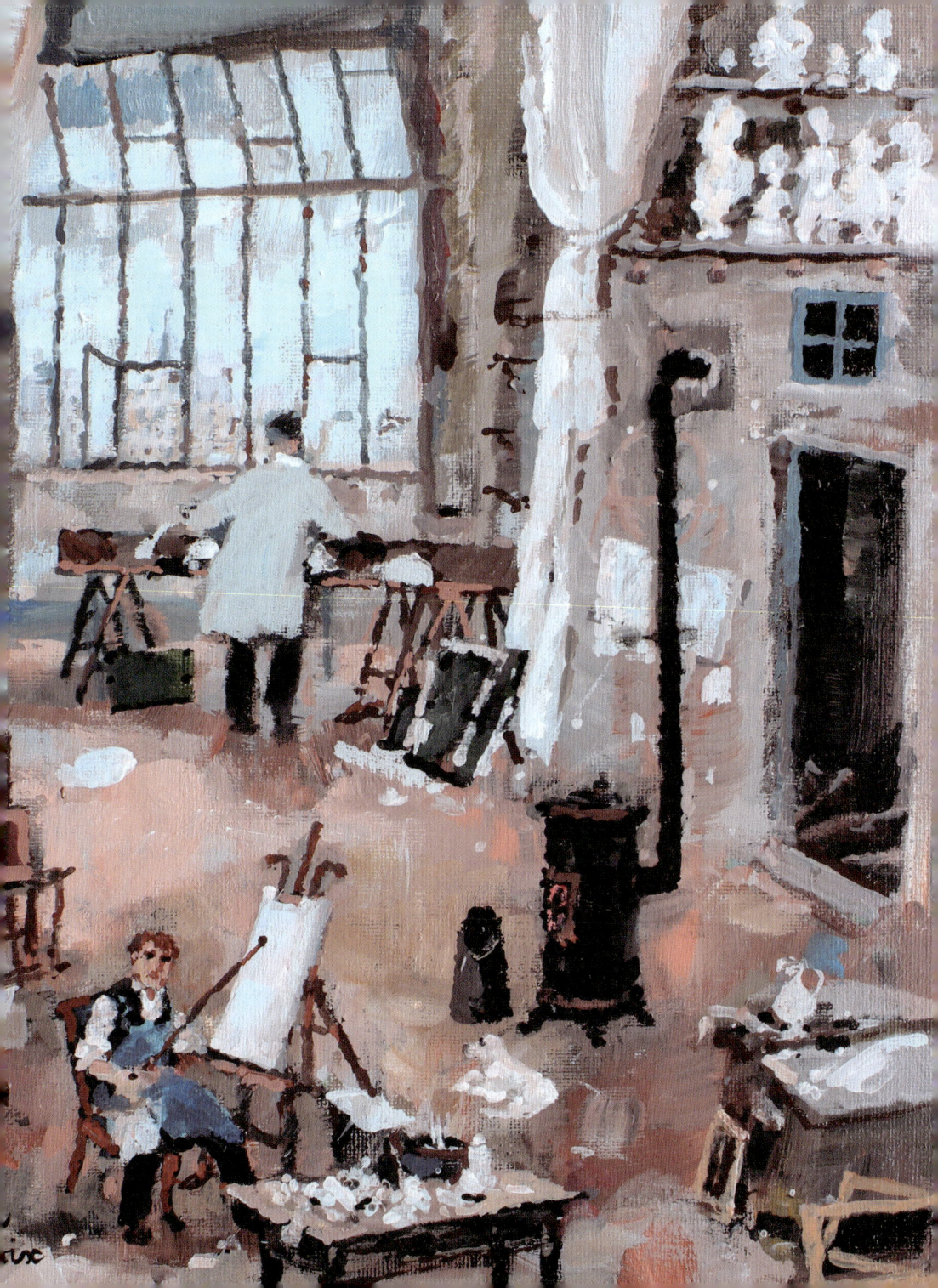

저는 어릴 적 공부에 소질이 없었습니다. 10살 때부터 어머니 친구의 권유로 몽파르나스에 있는 브르통이라는 화가의 아틀리에에서 미술 교습을 받을 수 있었어요. 그때부터 왠지 이것이 저의 길이라는 것을 알았죠.

저는 세 아이를 부양해야 했기 때문에 오래도록 미술 교사와 그림 그리는 일을 병행했어요. 1962년경 제가 마흔이 되었을 때 센가Rue de Seine에 위치한 갤러리 로미Romi에서 제 그림을 취급했는데, 전보가 오더라고요. 그림을 더 보내달라고. 저는 그 후로 전업 화가의 길을 걸을 수 있다는 자신감이 생겼고 비로소 마흔 살에 교사를 그만두고 전업 화가로 일어섰습니다.

Je n'étais pas doué pour les études quand j'étais petit. Dès l'âge de 10 ans, sur les conseils d'une amie de ma mère, j'ai suivi des cours d'art dans l'atelier du peintre Breton à Montparnasse. Et là, d'une manière ou d'une autre, j'ai su que c'était mon chemin.

Comme je devais subvenir aux besoins de mes trois enfants Comme je devais subvenir aux besoins de mes trois enfants, j'ai longtemps exercé à la fois le métier de professeur de dessin et celui de peintre. Vers 1962, lorsque j'avais quarante ans, la galerie Romi, située rue de Seine, a commencé à exposer mes œuvres. J'ai alors reçu un télégramme me demandant d'envoyer plus de toiles. A partir de là, j'ai pris confiance et commencé à croire que je pouvais devenir peintre à plein temps. Finalement, à quarante ans, j'ai quitté mon poste d'enseignant pour me consacrer à la peinture.

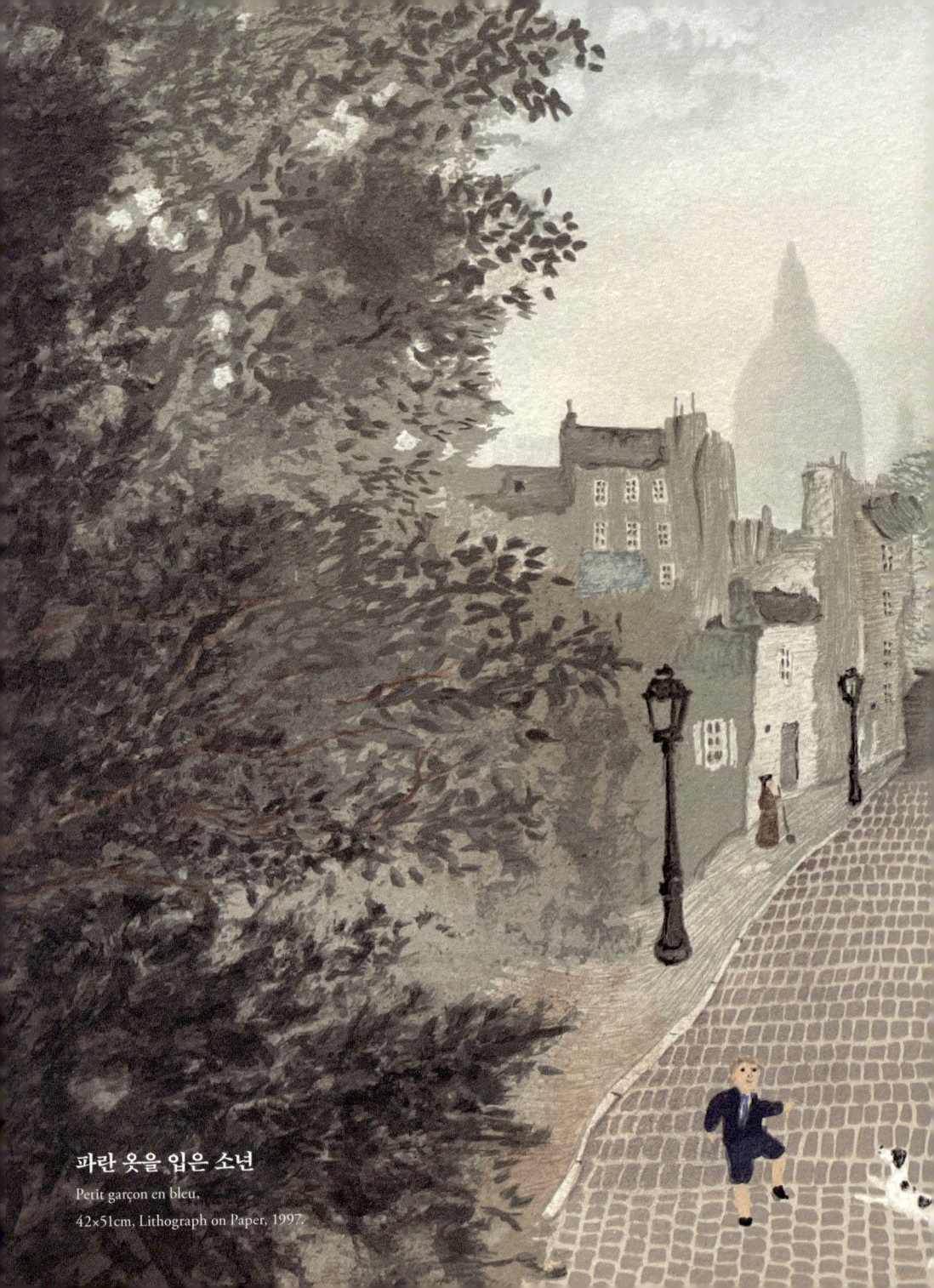

파란 옷을 입은 소년
Petit garçon en bleu,
42×51cm, Lithograph on Paper, 1997.

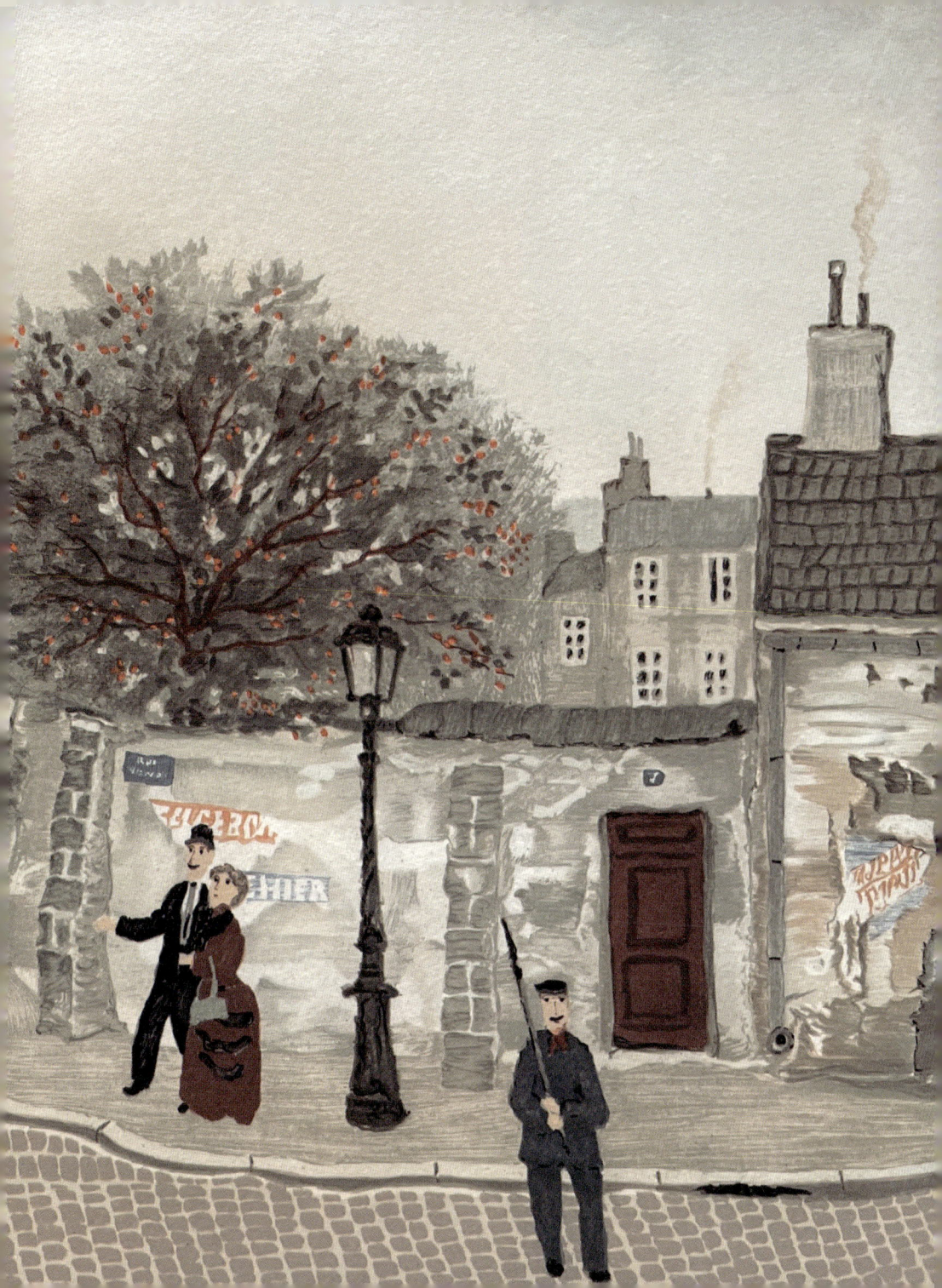

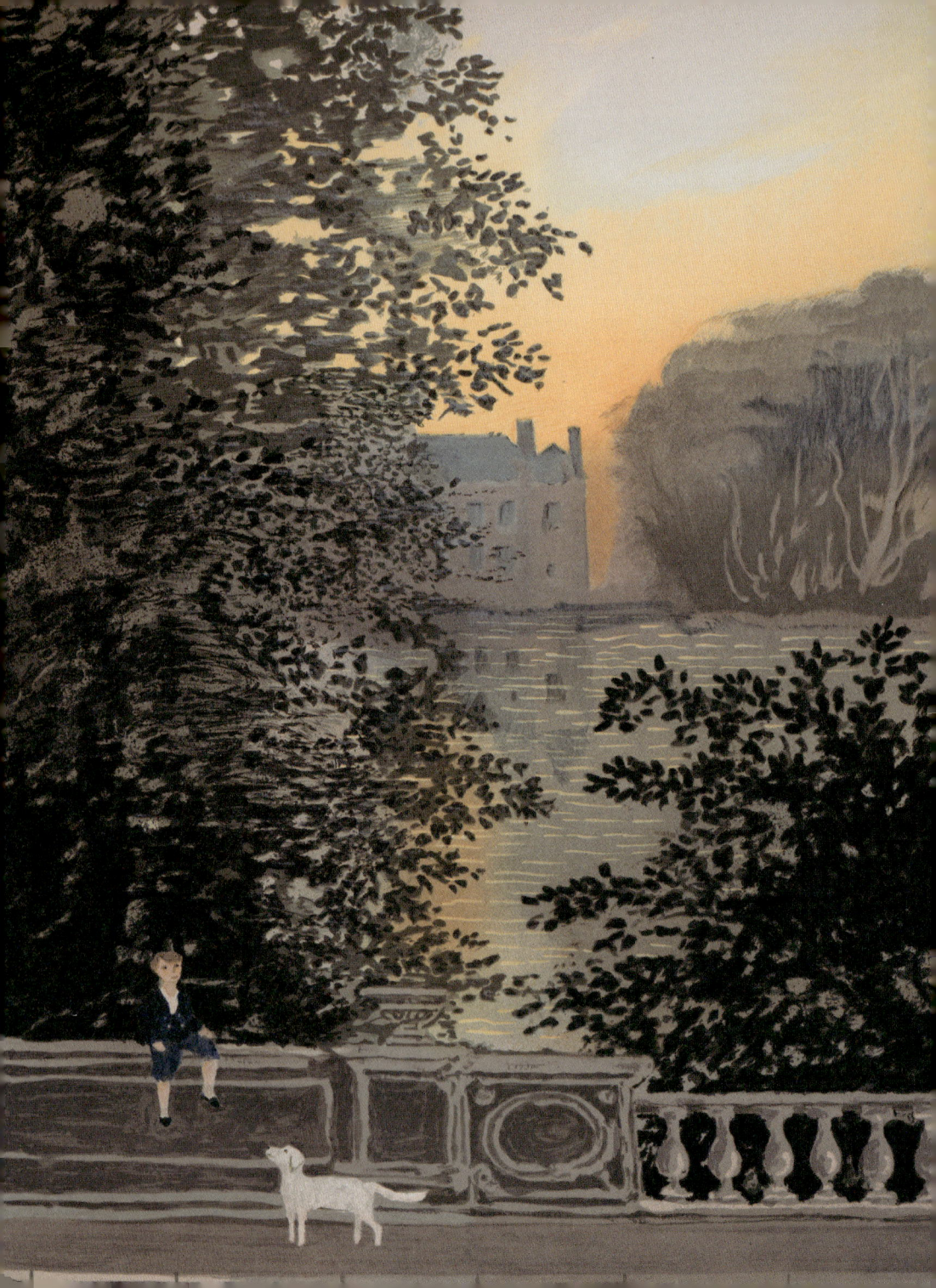

파란 옷을 입은 소년

Petit garçon en bleu,
51×42cm, Lithograph on Paper, 1997.

그는 작품에 가장 큰 영향을 준 사람이
누구냐는 질문에
첫 스승이었던 브르통이라 답했다.
당시 받은 물감 상자를
아직도 가지고 있다는 그는
아흔이 넘은 오늘날에도
그 당시 배웠던 것을 기억하고 있으며
훌륭한 스승에게서 배운
불변의 원칙들을 여전히 적용하고
있다고 고백한다.

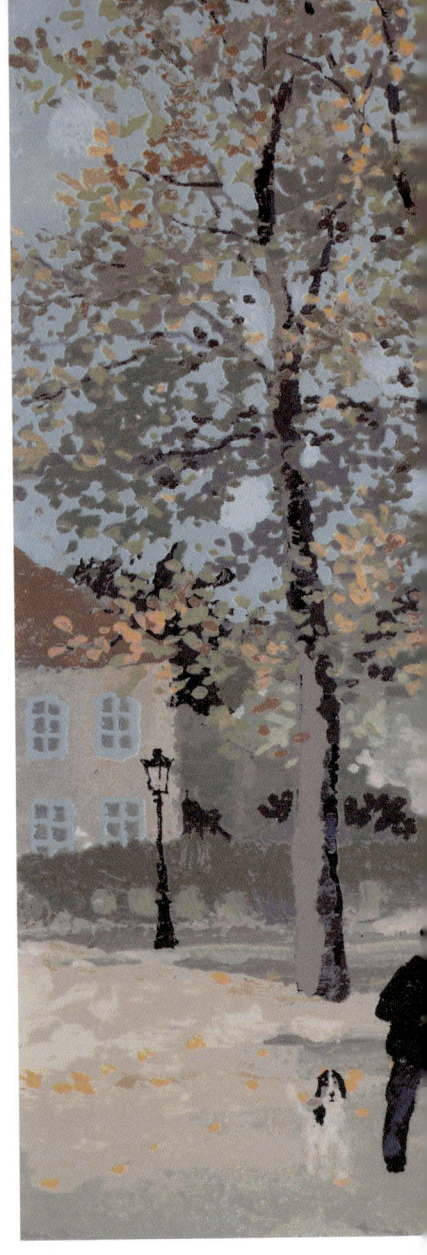

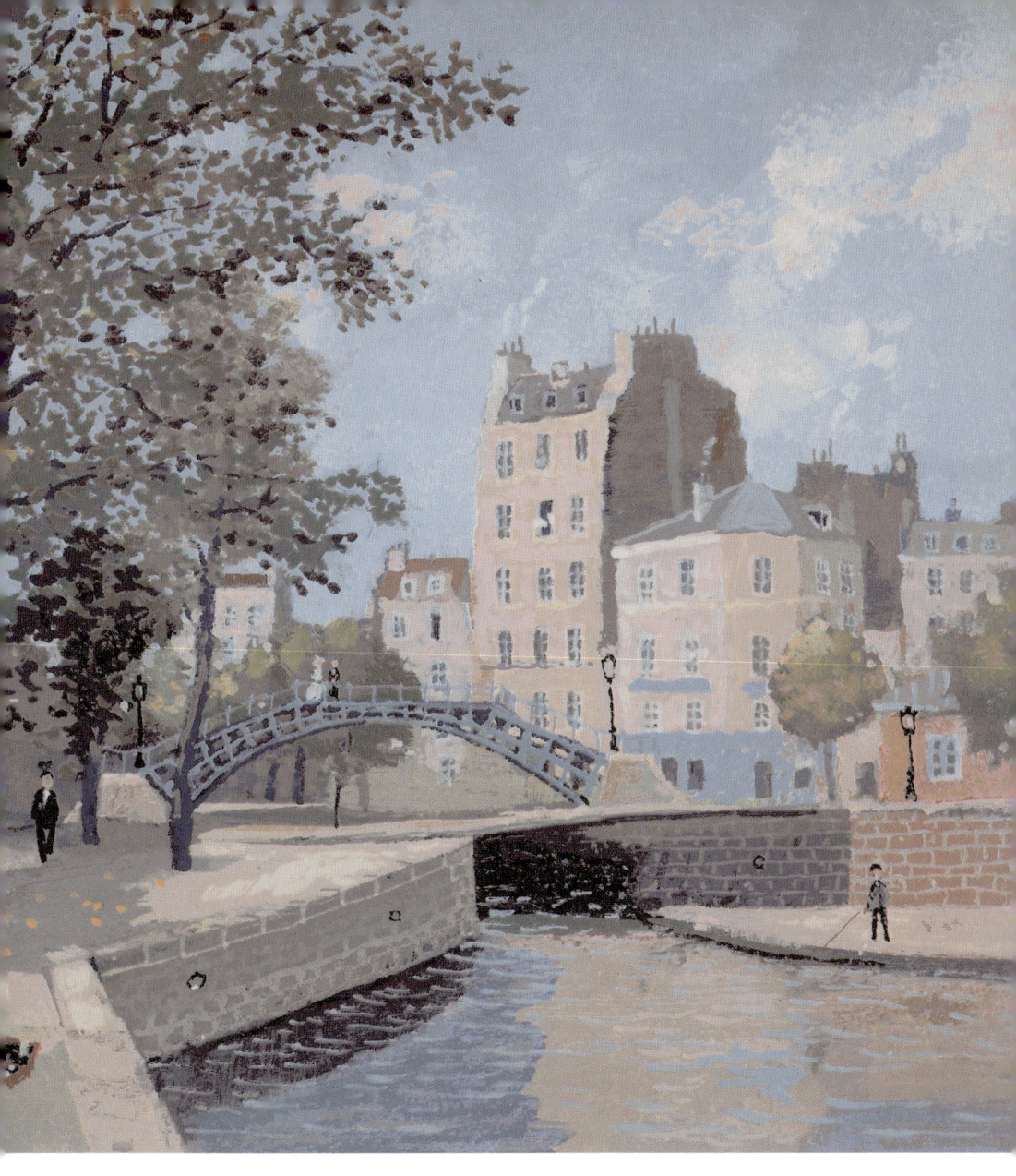

생 마르탱 운하 주변부에서

Petite suite - Au bord du canal Saint-Martin,
29×35cm, Serigraph on Paper, 2007.

처음 저에게 미술을 가르쳐준 화가 브르통은 독실한 카톨릭 신자였고, 참으로 선량한 사람이었어요. 그는 조르주 루오와 동시대에 태어나 종교화를 그리던 화가였는데, "전쟁으로 내 작업실이 폭탄 맞지 않는 한 나의 작업실은 종교화에 보태겠다."라고 말하기도 했지요.

저는 10살부터 15살까지 5년여는 개인교습을 받았고, 이때 대부분 화가로서 가져야 할 기술을 모두 배울 수 있었습니다. 그는 제가 미술 교사가 되어 그림을 그린다는 것을 알고 참으로 기뻐했습니다. 저에게는 빼놓을 수 없는 은인이지요.

Le peintre Breton, mon premier professeur d'art, était un fervent catholique et un homme vraiment bon. Ce contemporain de Georges Rouault, peignait des peintures religieuses au point de dire : "Si la guerre ne fait pas exploser mon atelier, je me consacrerai à l'art religieux".

J'ai pris des cours particuliers pendant cinq ans, de 10 à 15 ans, et j'ai pu apprendre toutes toutes les techniques nécessaires à un peintre. Il était très heureux d'apprendre que j'étais devenu professeur d'art et que je peignais. Il reste pour moi un bienfaiteur, je lui suis très reconnaissant.

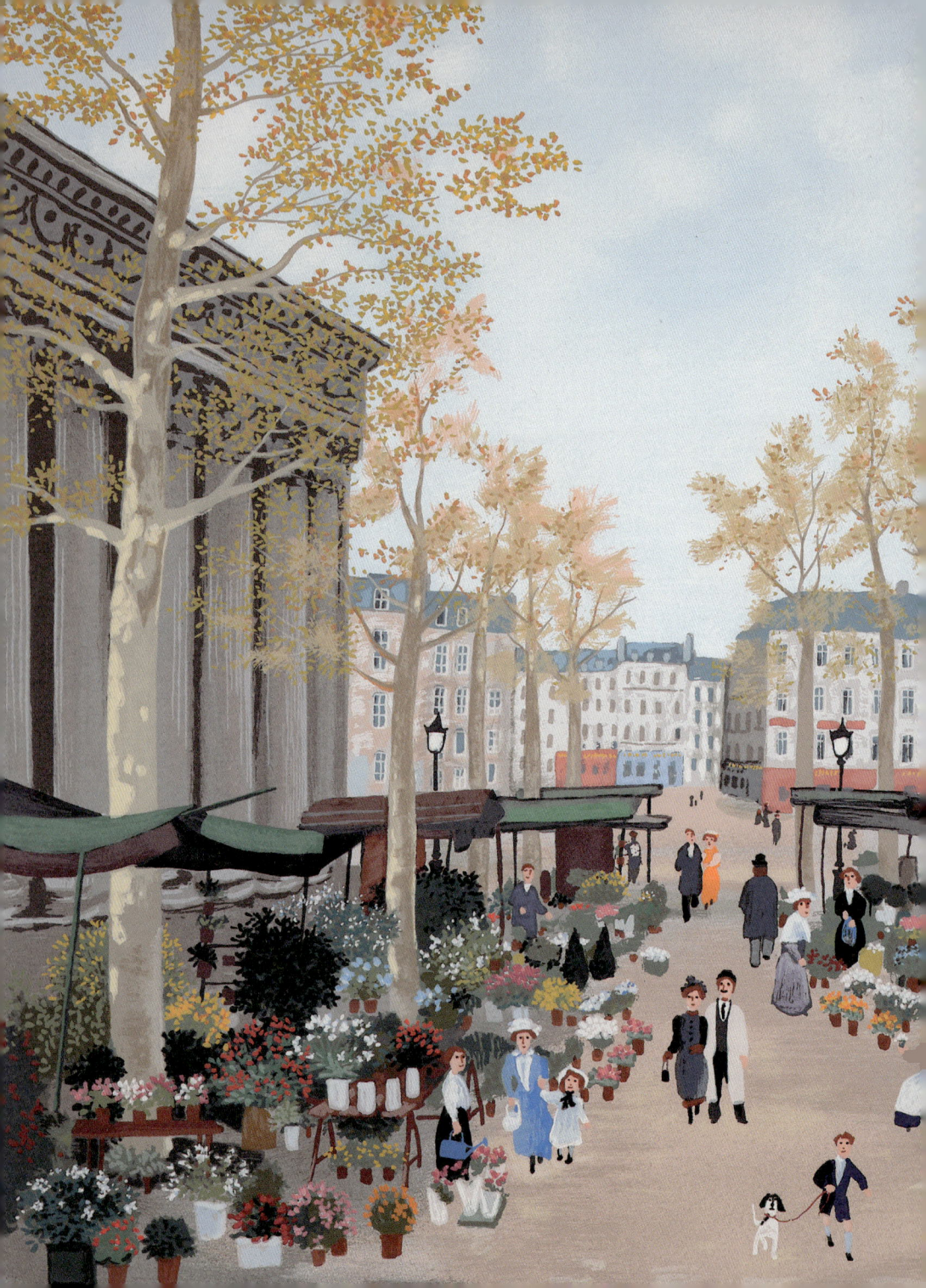

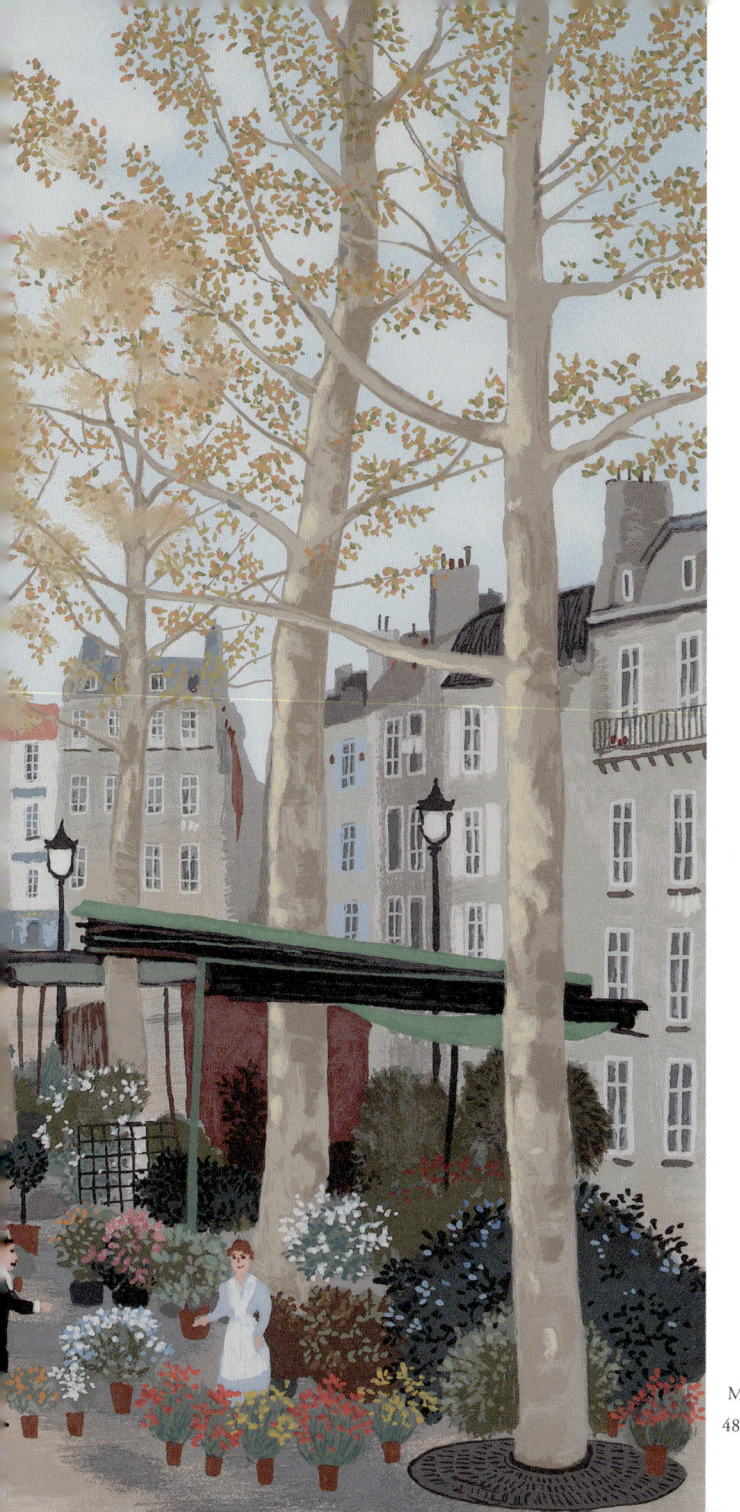

꽃시장, 마들렌느 광장

Marché aux fleurs, Place de la Madeleine,
48.6×55.8cm, Lithograph on Paper, 2003.

행복했던 여름방학의 추억은

훗날 미셸의 자녀들에게까지 이어졌다.

1960년부터 약 10년간 독일 트리어 등에서

미술 교사로 일했던 그는

어린 세 아이와 함께 방학 때마다

파리, 이보르 등지로 떠나 시간을 보냈다.

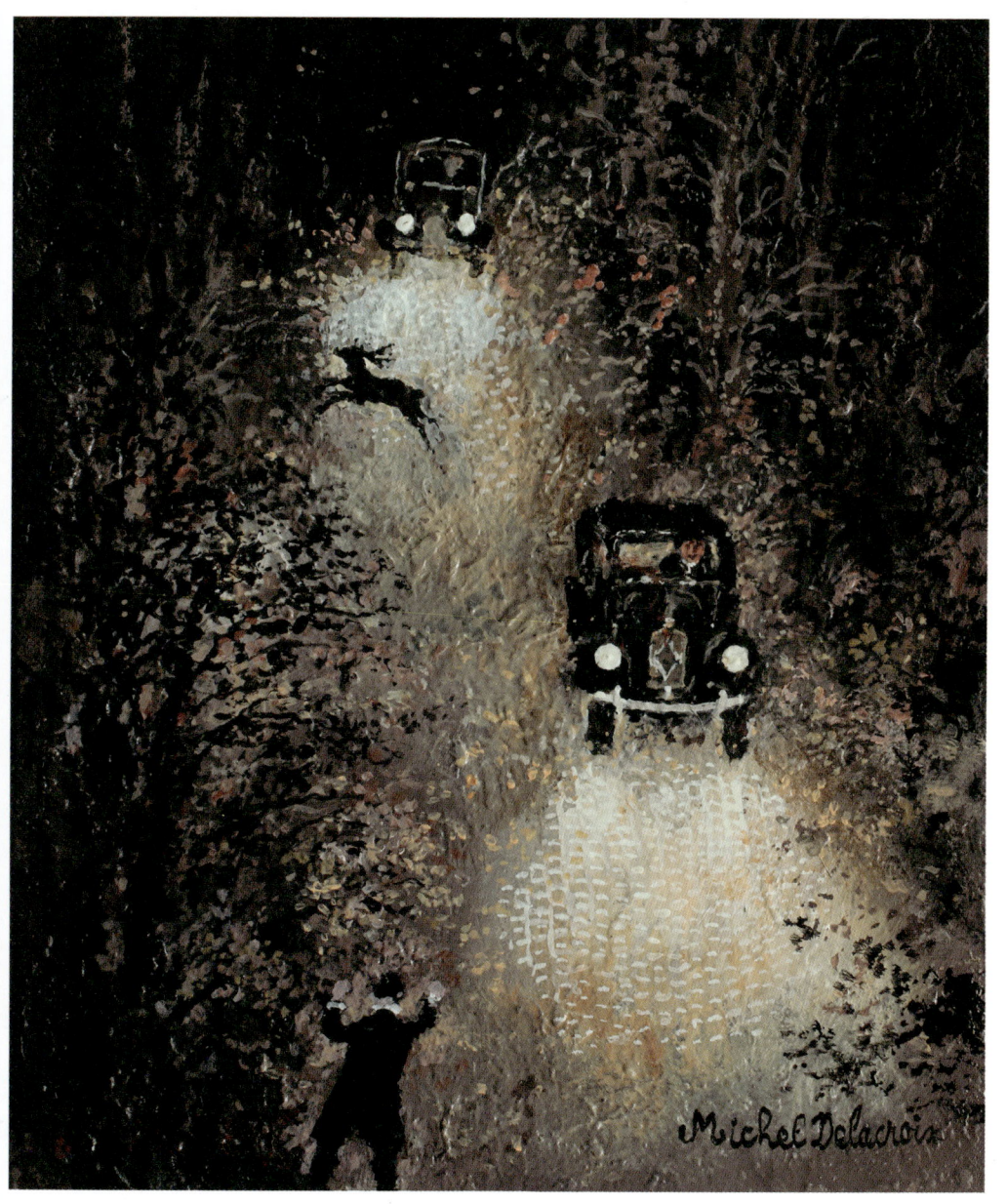

사슴의 도약

Le saut de cerf,

27×22cm, Acrylic on Canvas, 2024.

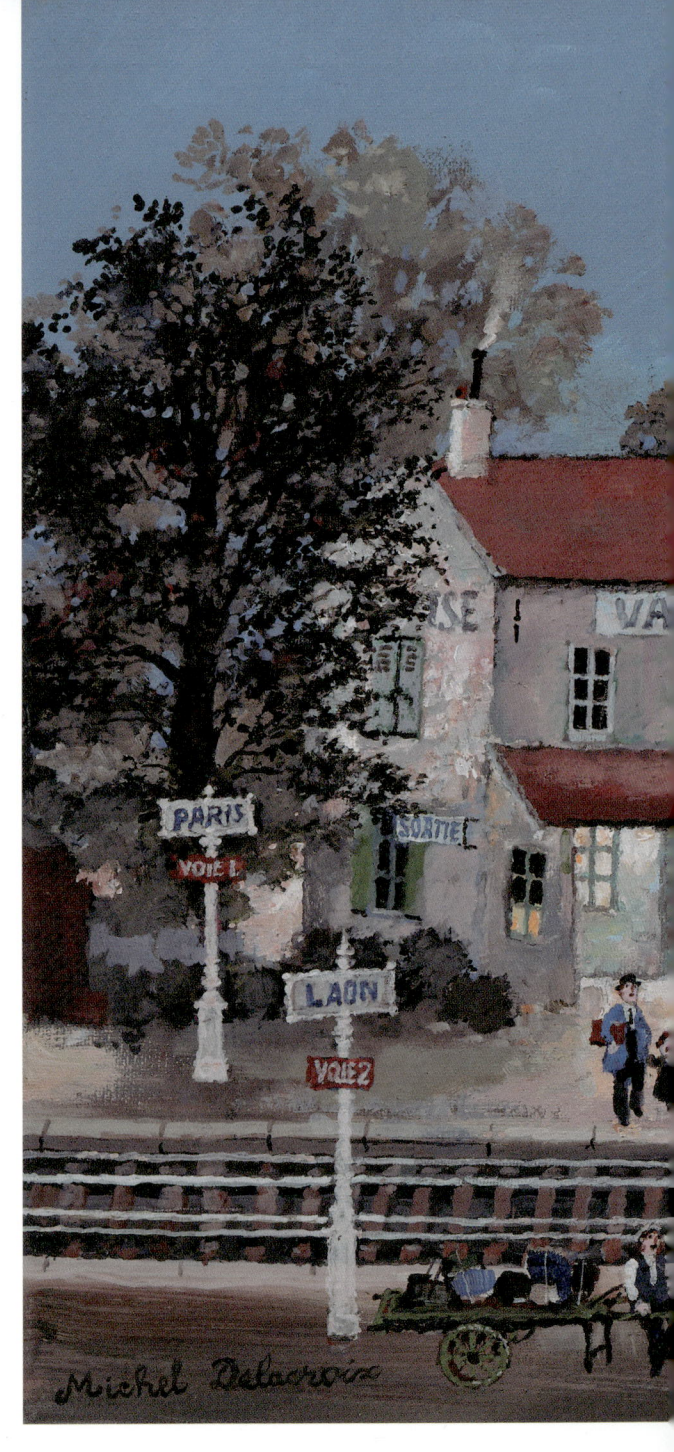

8시 47분 기차

Le train de 8h 47,

40.6×50.8cm, Acrylic on Canvas, 2024.

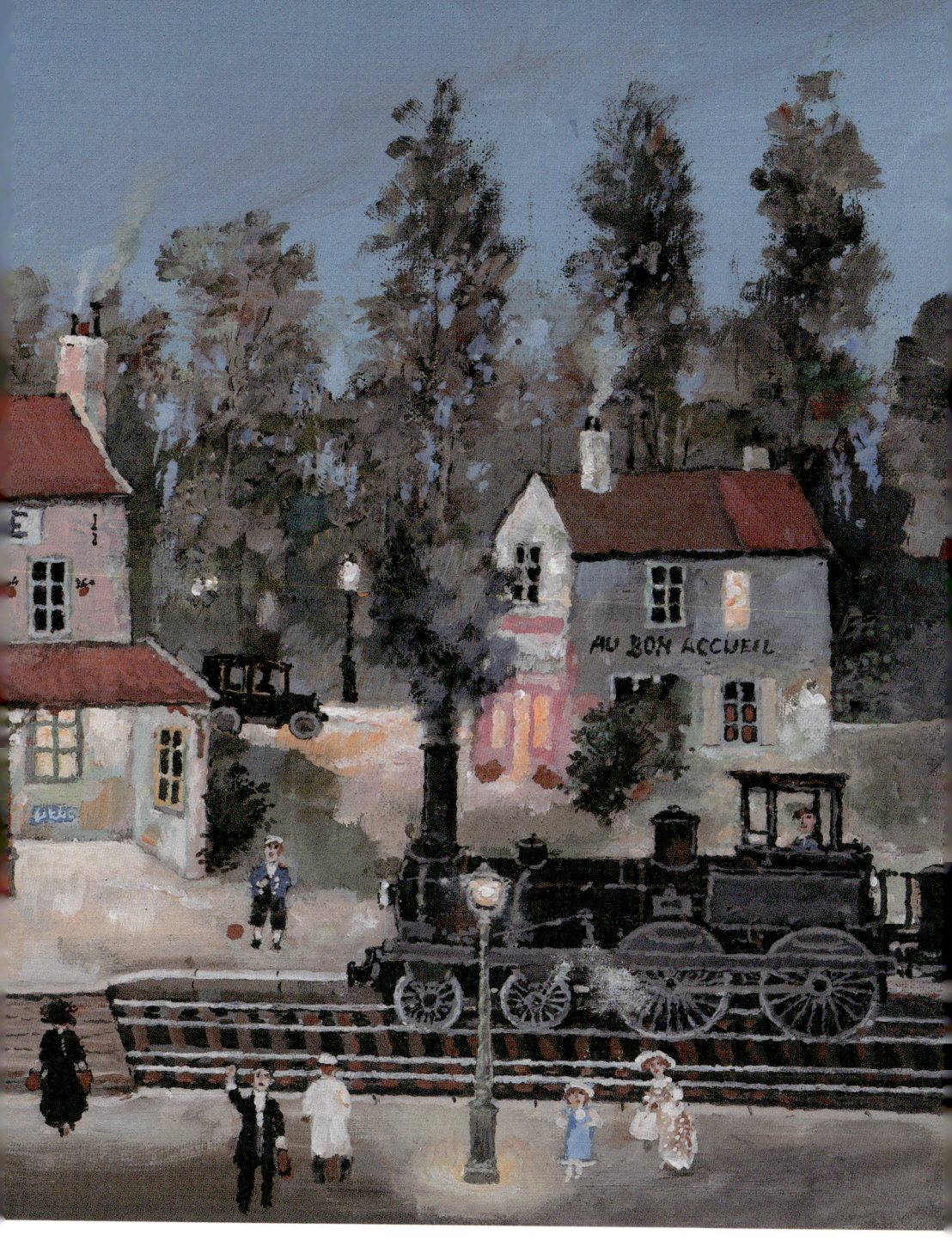

그때 저는 전업 화가로 성장할 때였고,

우리에겐 행복한 추억이 많았습니다.

〈트리어에서의 추억〉 그림을 보시면,

이때 우리 가족이 독일에서 느낀 소소한 행복이

느껴질 거예요. 그리고 독일에서 방학 때마다

파리, 이보르 등지로 이동했는데

2CV를 타고 온 가족이 여행했지요.

차 뒤 칸에서 아이들은 자고요.

〈독일에서 가는 길〉 그림 등은 모두

이런 저의 개인적인 에피소드를 담은 작품입니다.

J'étais un peintre à plein temps, et nous avions beaucoup de bons souvenirs. Si vous regardez l'image de <Souvenir de Tréves>, vous pouvez ressentir le petit bonheur de ma famille en Allemagne. Pendant la période des vacances en Allemagne, nous partions chaque année à Paris, Ivors ... et nous voyagions tous ensemble en 2CV. Les enfants dormaient à l'arrière de la voiture. Les toiles comme <En route pour L'Allemagne> racontent tous ces épisodes personnels de ma vie.

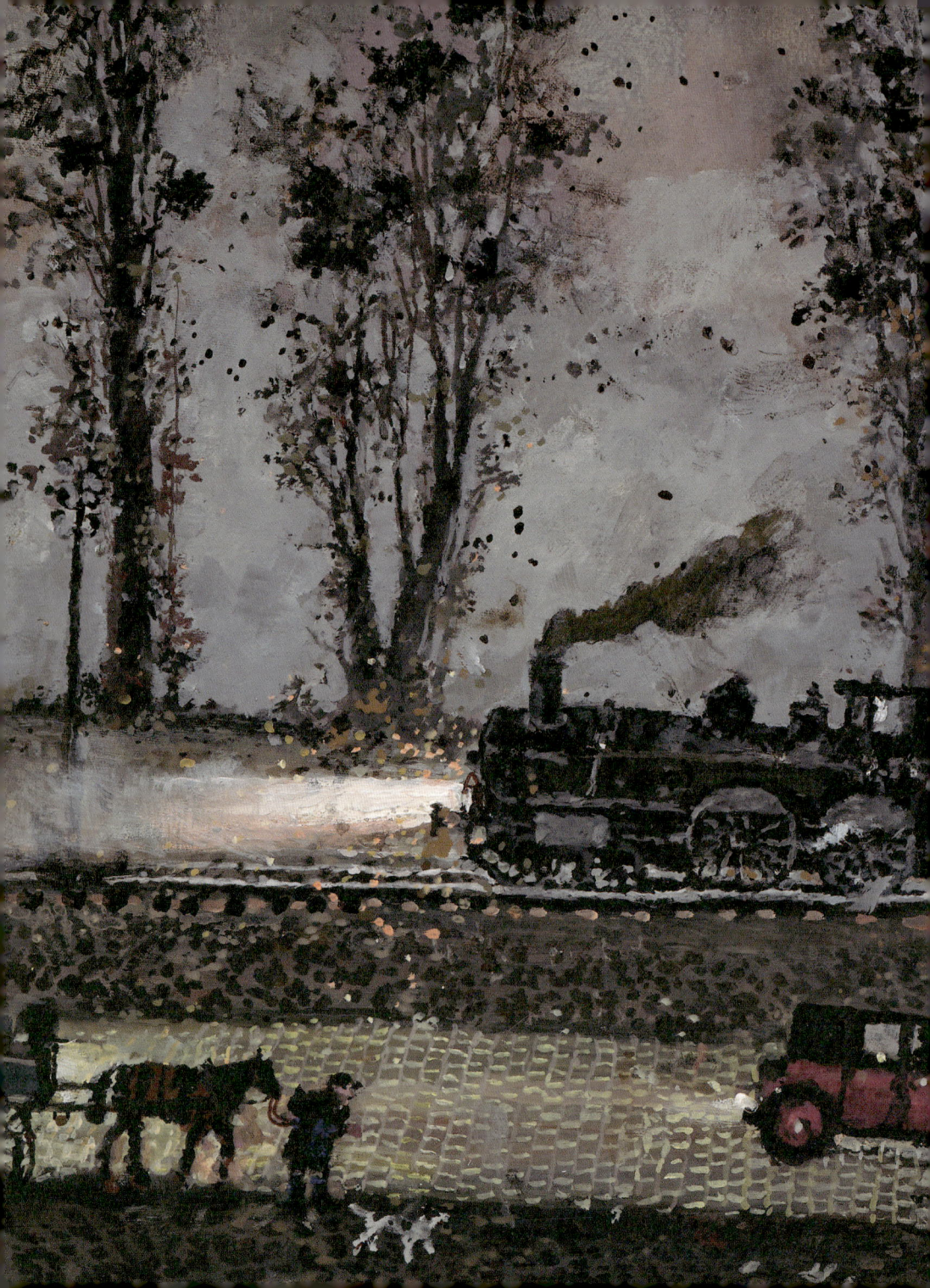

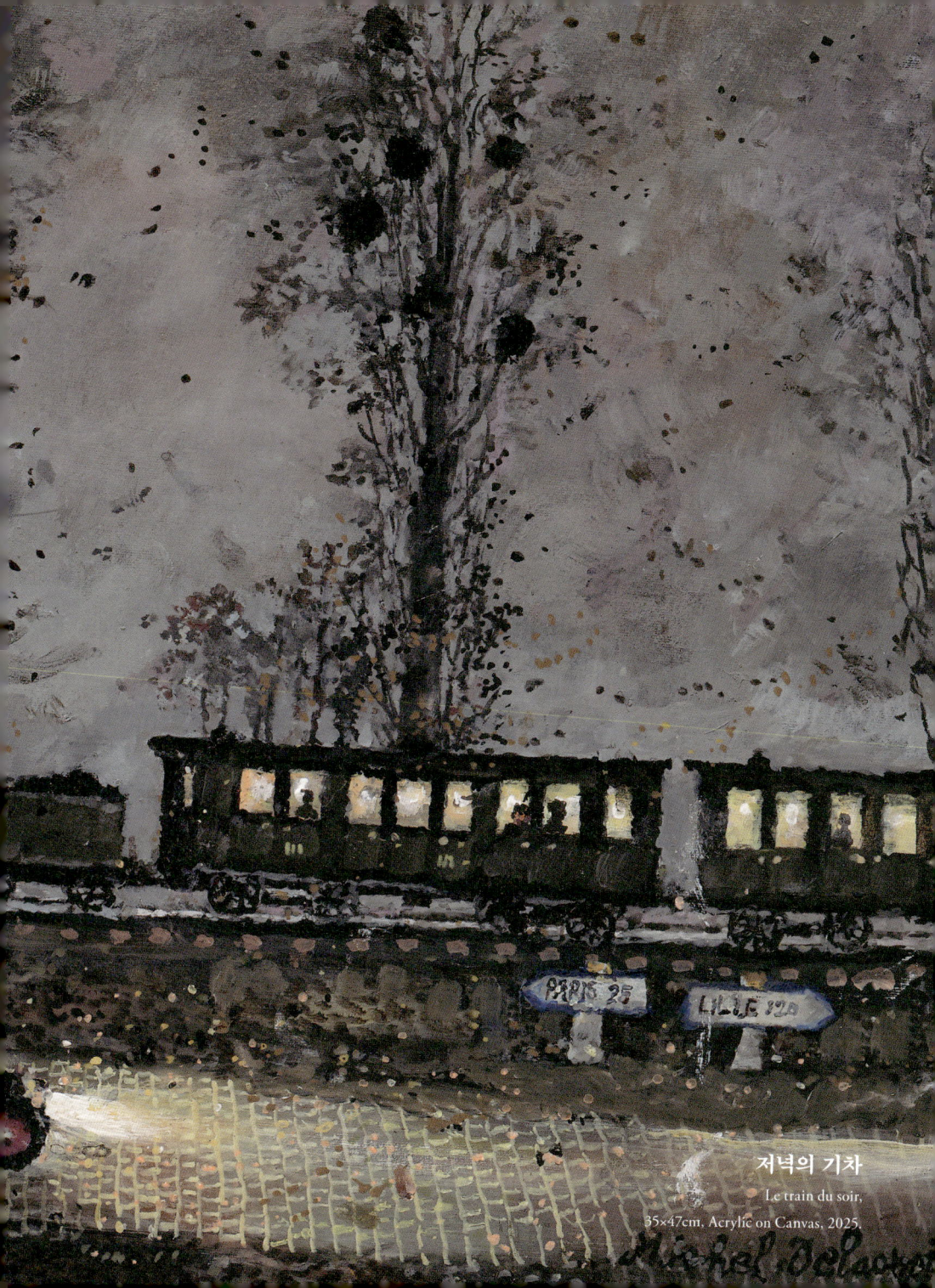

저녁의 기차
Le train du soir,
35×47cm, Acrylic on Canvas, 2025.

Michel Delacroix

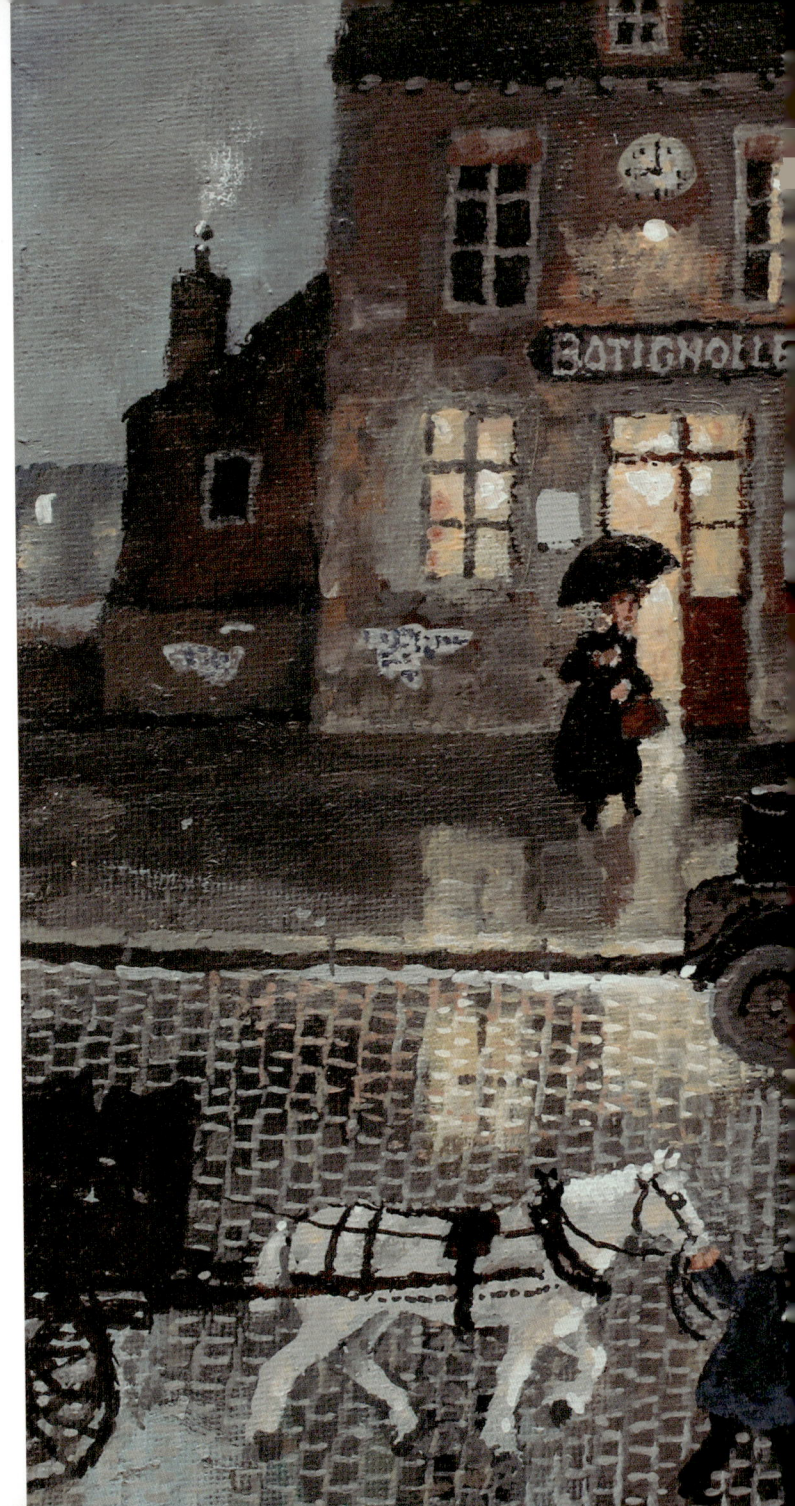

8시 47분 기차

Le train de 8h 47,
24×30cm, Acrylic on Board,
2023.

Michel Delacroix

Part 3

단지 우리 둘뿐

juste nous

어둠이 내린 파리는 연인들의 낭만으로 가득하다.
몽마르트르 언덕 위, 사크레쾨르 뒤편의 조용한 골목길에서,
어깨를 맞댄 연인들이 도시의 불빛을 내려다본다.
그 아래 펼쳐진 파리는 거대한 별자리처럼 빛나고,
사랑은 그 빛 사이를 천천히 걸어간다.

eux

우리 위의 파란 하늘이 무너져 내리고

땅이 꺼진다 하더라도

당신이 날 사랑한다면 나는 상관없어요.

세상 어떤 것도 내겐 상관없어요.

사랑이 나의 아침들을 가득 채우는 한

내 몸이 당신의 손길로 전율하는 한

어떤 문제들도 내겐 상관이 없어요.

왜냐면 내 사랑, 당신이 나를 사랑하기 때문이죠.

  - 샹송 <사랑의 찬가>

Le ciel bleu sur nous peut s'effondrer

et la Terre peut bien s'écrouler

peu m'importe si tu m'aimes

Je me fous du monde entier

Tant qu'l'amour inondera mes matins

Mon amour, puisque tu m'aimes.

미셸의 그림은 특히

파리의 밤을 배경으로 하는 작품이 많다.

파리의 명소 혹은 평범한 골목에서 벌어지는

연인들의 애정 어린 장면들은

우리를 가장 사랑했던 그 순간으로 데려다 놓는다.

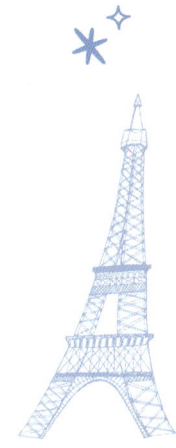

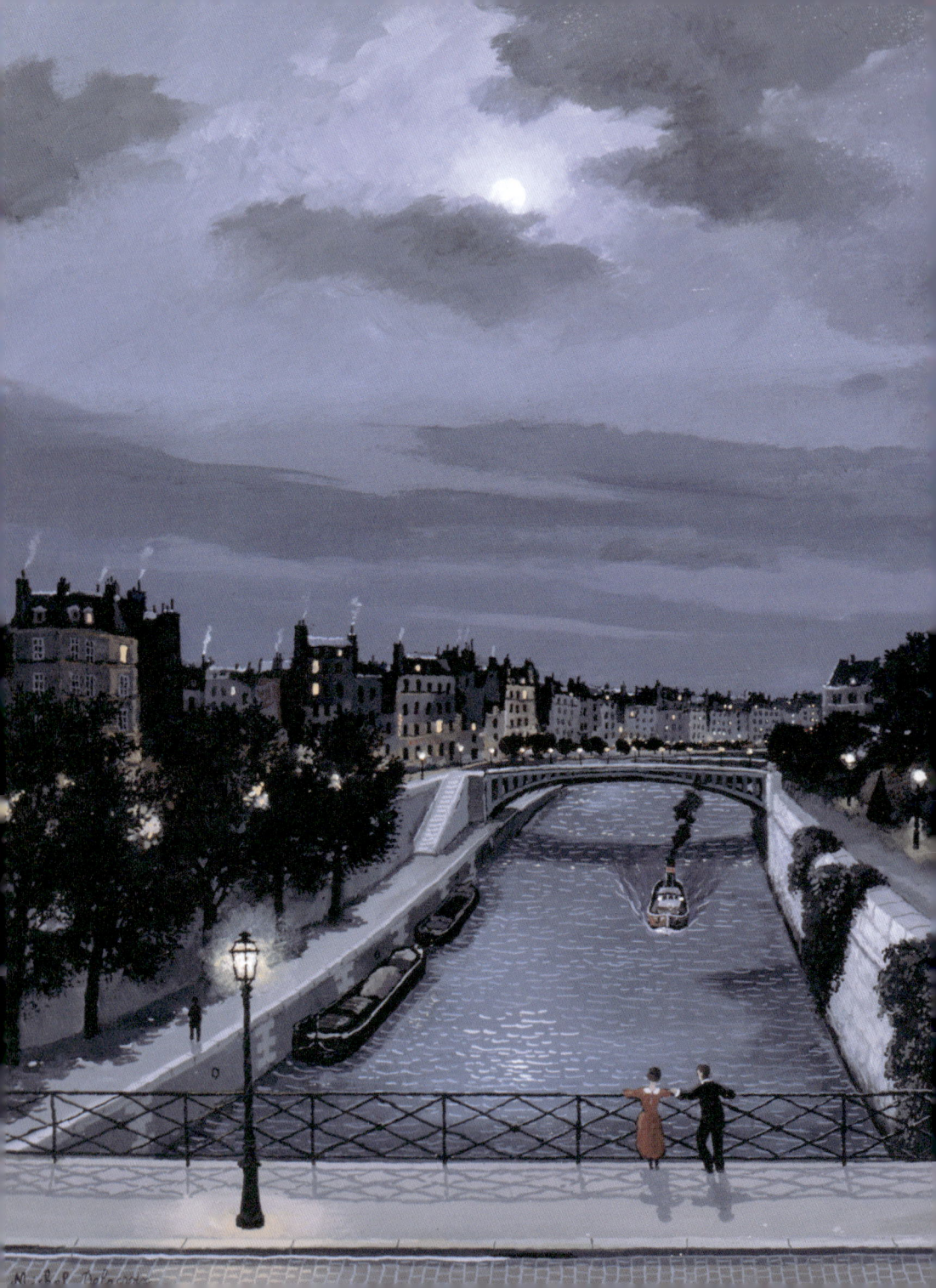

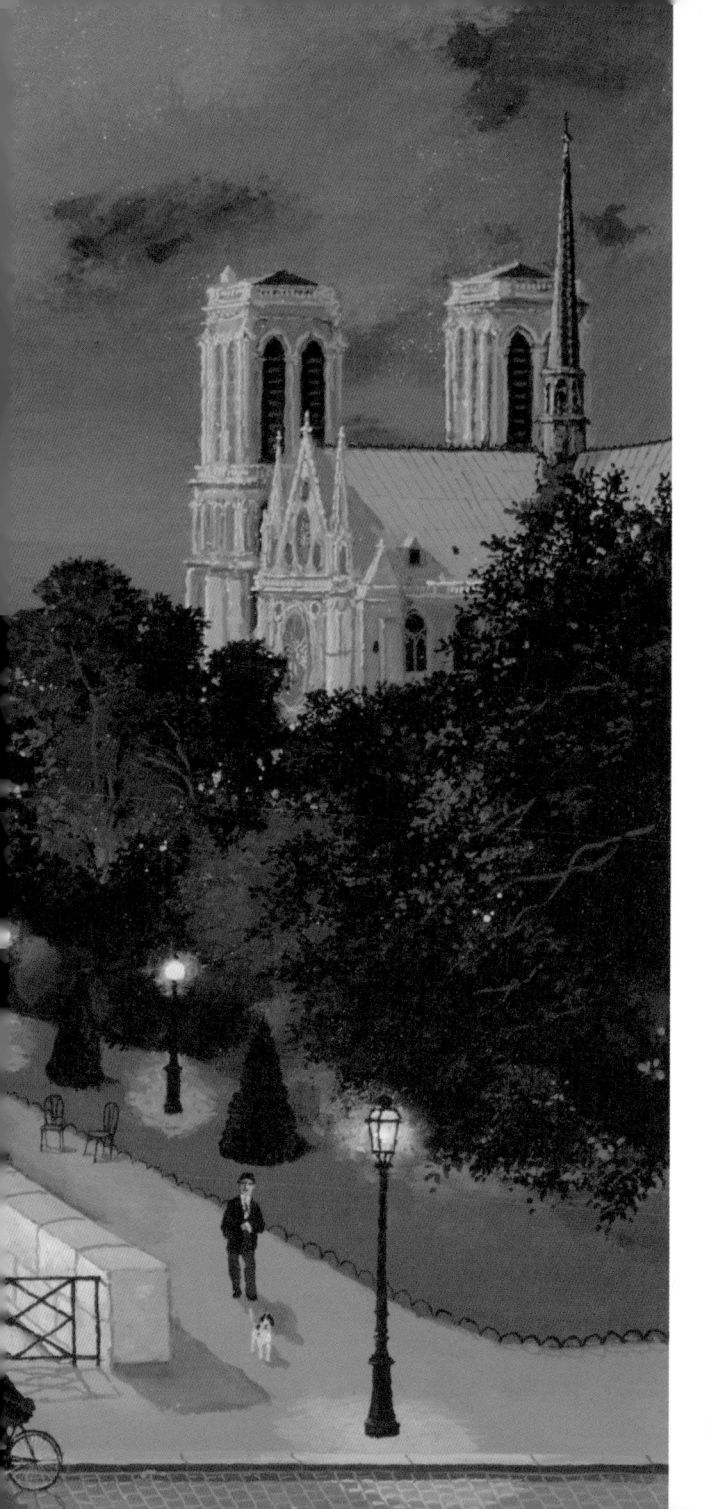

단지 우리 둘뿐

Just the Two of Us,
54.5×65.5cm, Serigragh on Canvas, 2004.

행복

Le bonheur,

40.6×33cm, Serigraph on Paper, 1994.

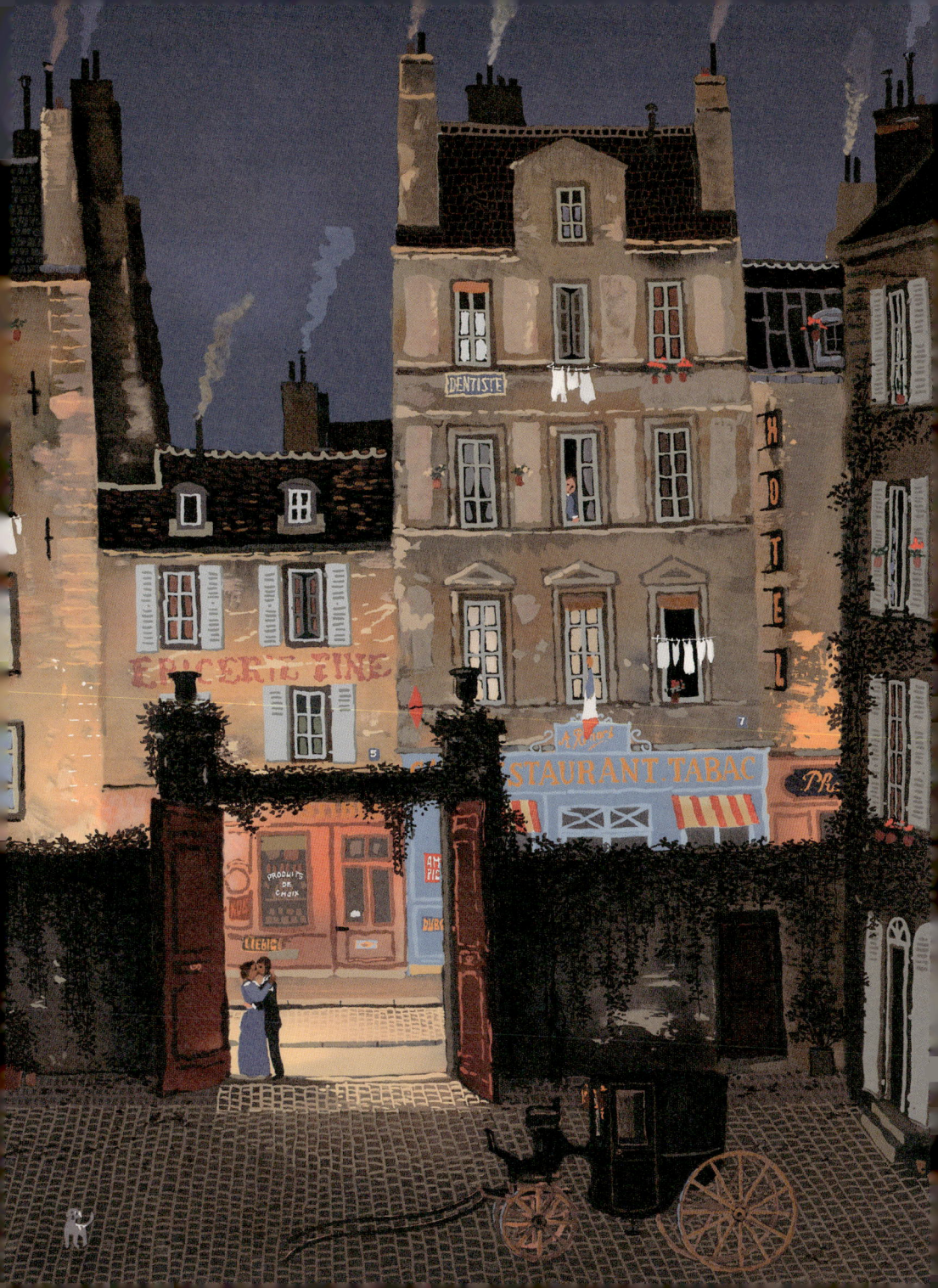

제 생각에는 삶에서 가장 중요한 것은
사랑하고 사랑받는 것입니다. 물질적인 것 또한 중요하지만,
그럼에도 가장 중요한 것은 사랑하고 사랑받는 것이지요.

À mon avis, ce qui est le plus important dans la vie, c'est d'aimer et d'être aimé.

Les choses matérielles sont aussi importantes, mais malgré tout,

ce qui compte le plus, c'est d'aimer et d'être aimé.

어제까진 마주친 적 없던 두 사람이

오늘 아침 이 길 위에서는

긴 밤을 흠뻑 지새우곤

황홀한 사랑에 빠진 연인이 되었네요.

에투알 광장에서 콩코르드 광장까지

수 많은 현이 울리는 오케스트라,

동이 틀 무렵에는 새들이

사랑을 노래하죠.

- 샹송 <오 샹젤리제>

Hier soir deux inconnus

Et ce matin sur l'avenue

Deux amoureux tout étourdis par la longue nuit

Et de l'Étoile à la Concorde

Un orchestre à mille cordes

Tous les oiseaux du point du jour

Chantent l'amour.

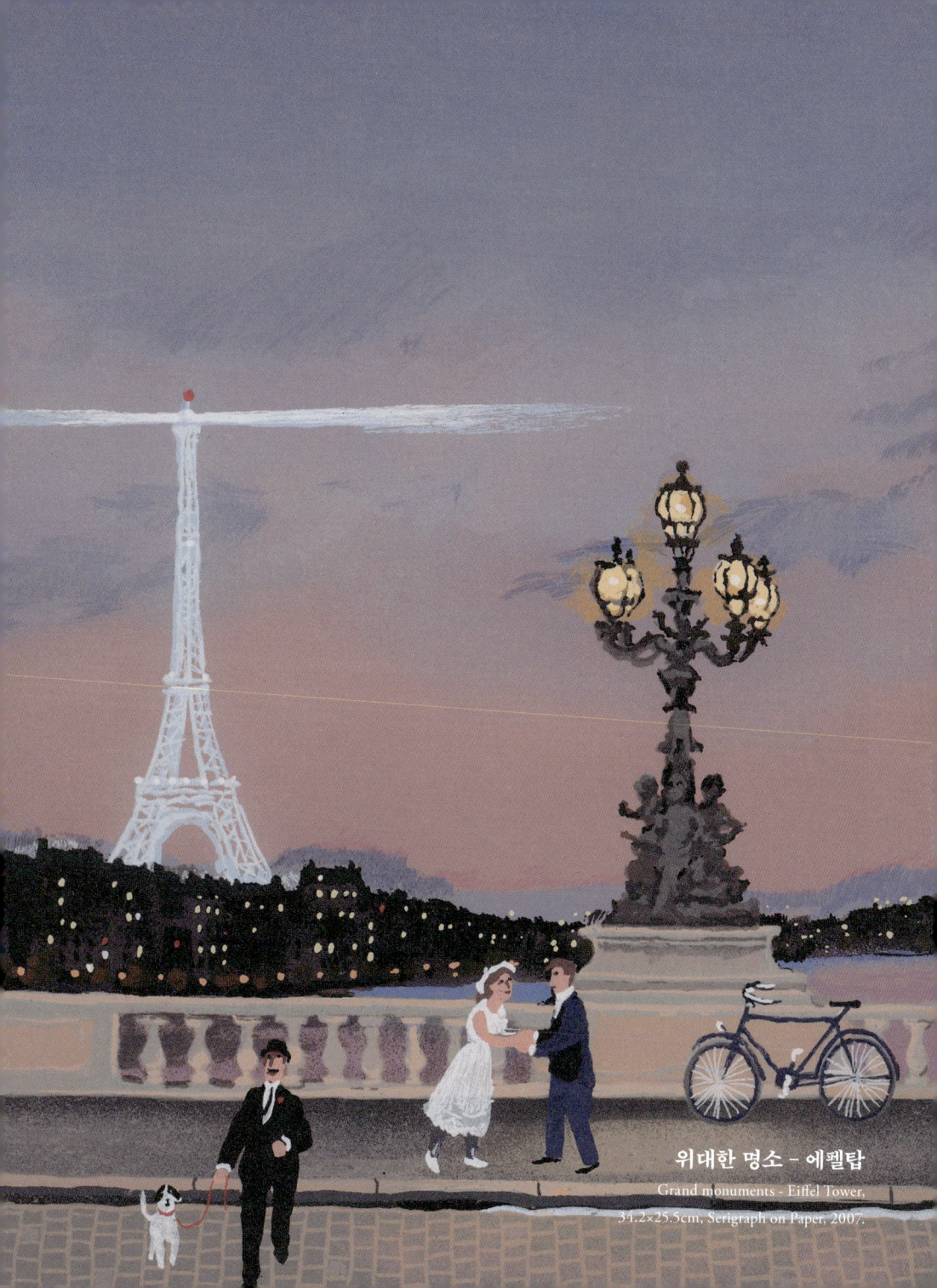

위대한 명소 – 에펠탑
Grand monuments - Eiffel Tower,
34.2×25.5cm, Serigraph on Paper, 2007.

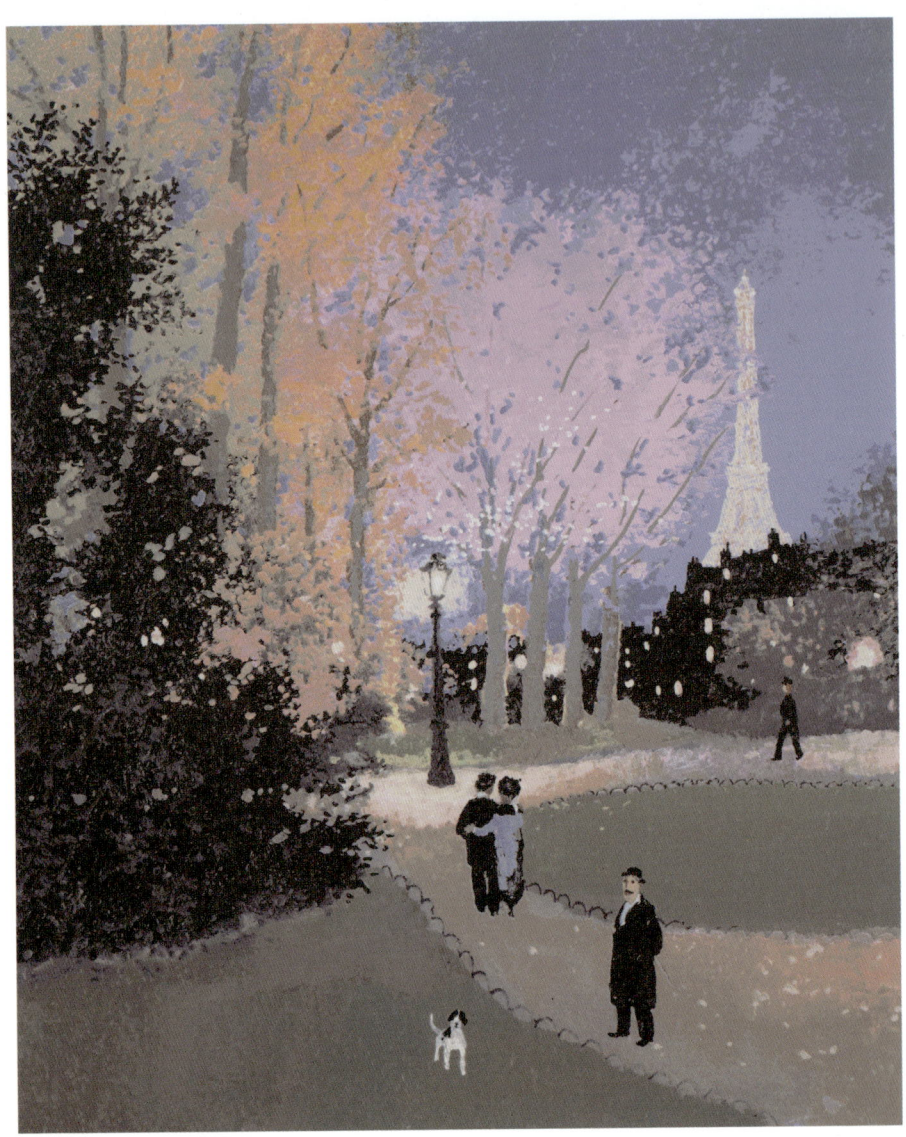

저녁의 몽소공원

Petite suite - Parc Monceau, le soir,

35×29cm, Serigraph on Paper, 2007.

그가 내 품에 안길 때, 낮은 목소리로 말할 때
나는 세상을 장밋빛으로 본다.

- 샹송 <라비앙 로즈>

Quand il me prend dans ses bras,
il me parle tout bas
Je vois la vie en rose.

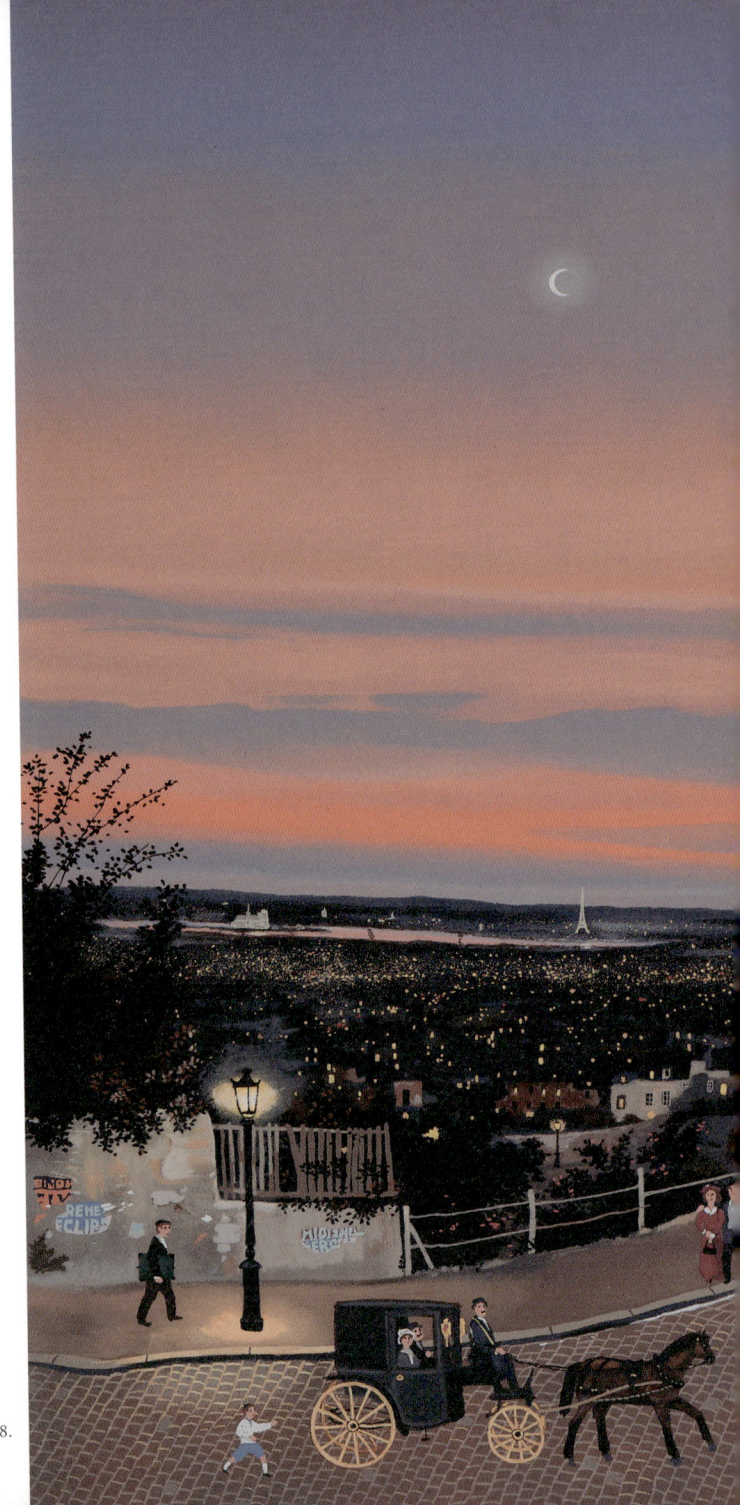

장밋빛 인생

La vie en rose,
76.8×87.5cm, Serigraph on Paper, 1998.

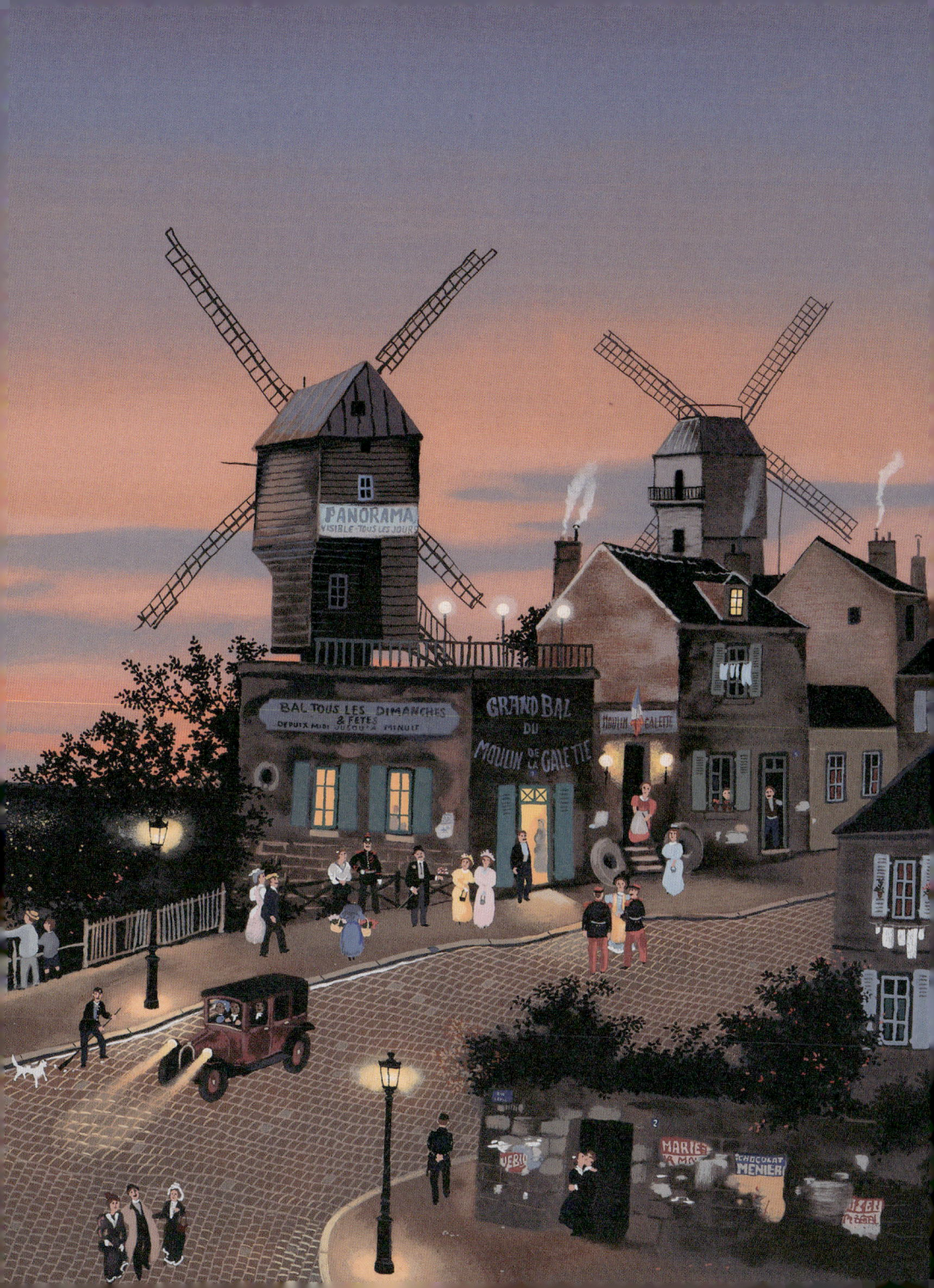

많은 분이 이미 파리에 오셨을 것이고
또 방문하길 꿈꾸는 분도 있으실 텐데,
적어도 인생에 한 번쯤은 그 꿈을 실행해야죠.
그것은 평생의 좋은 추억으로 기억될 것입니다.
특히 우리가 사랑에 빠졌을 때, 파리에 가야 합니다.
꼭 사랑하는 분과 파리에 오시길 바랍니다.

Beaucoup d'entre vous sont déjà venus à Paris et certains

d'entre vous rêvent de rêvent de revenir.

Au moins une fois dans la vie, il faut réaliser ce rêve.

Ce sera un souvenir précieux pour toute la vie.

Surtout quand on est amoureux, il faut aller à Paris.

J'espère que vous viendrez à Paris avec votre bien-aimé.

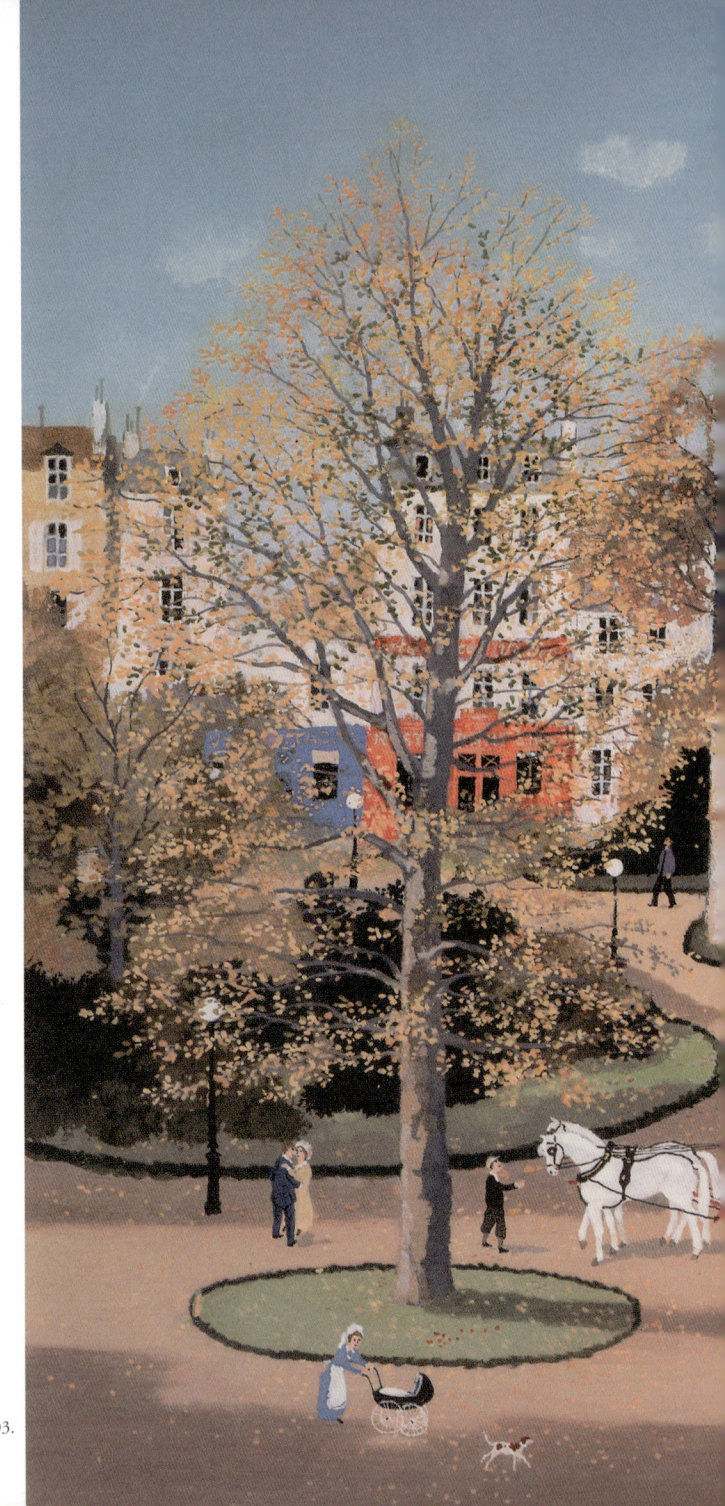

시청에서의 결혼식

Mariage à la mairie,

63.5×72.5cm, Lithograph on Paper, 2003.

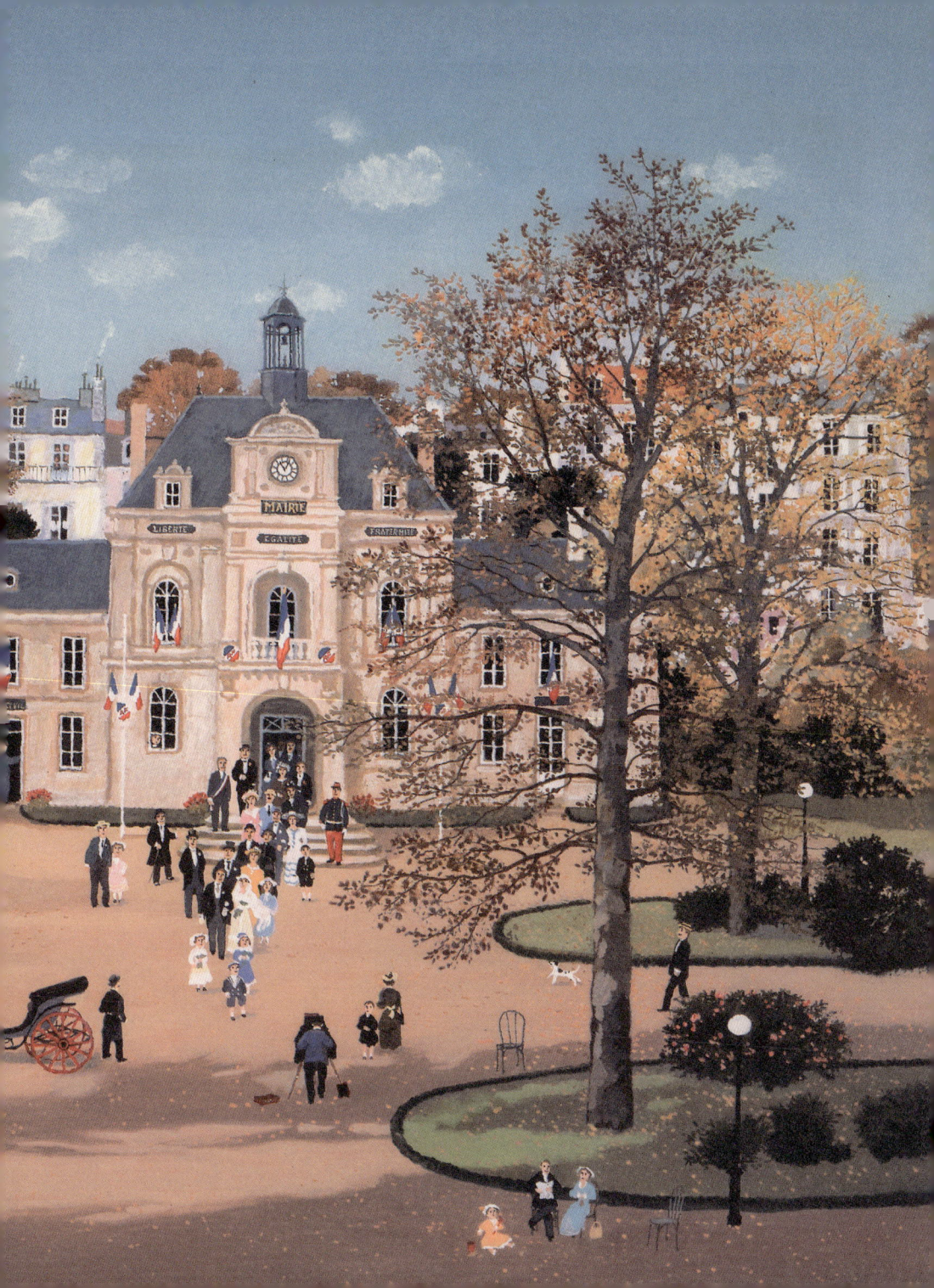

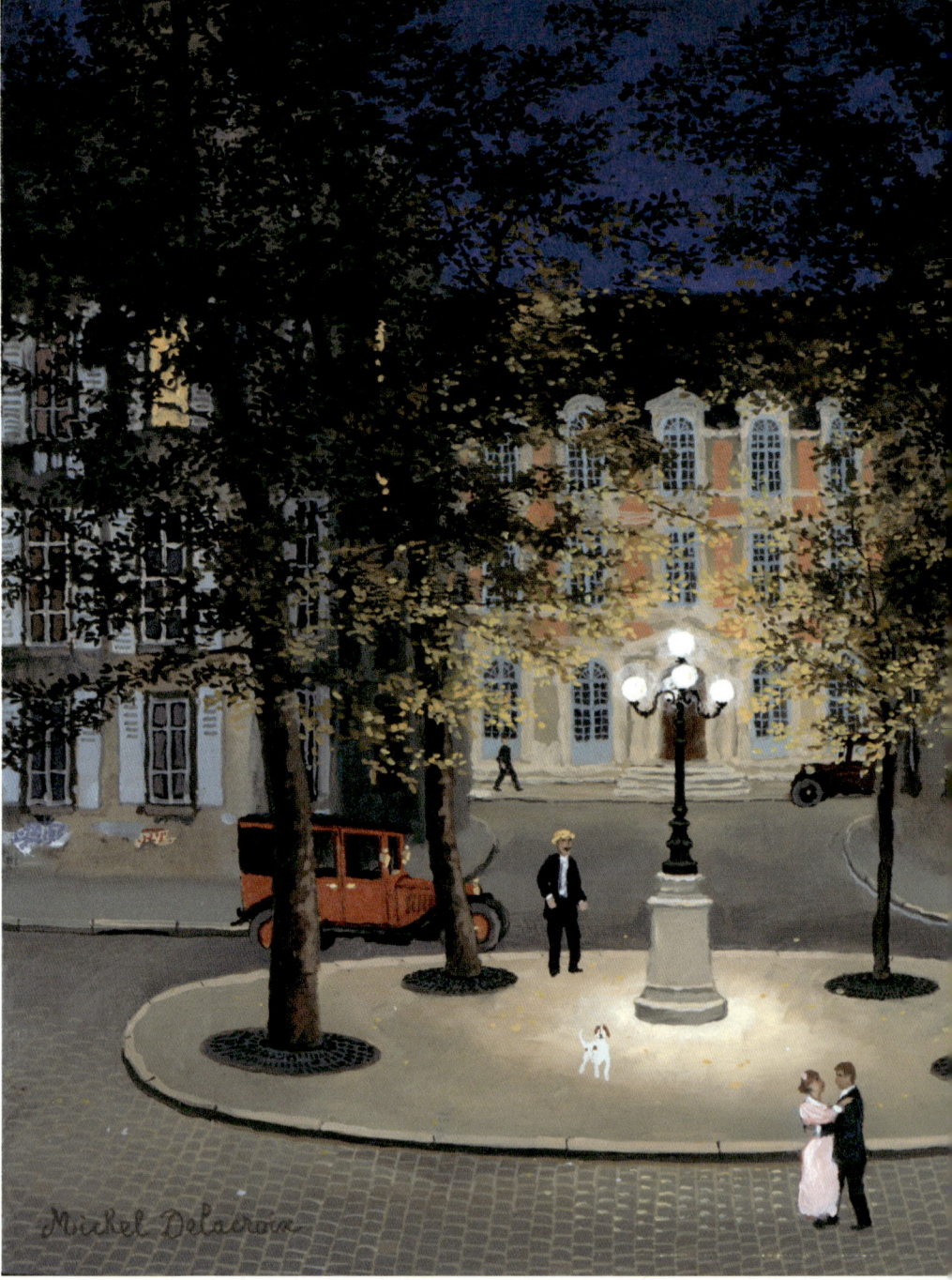

Michel Delacroix

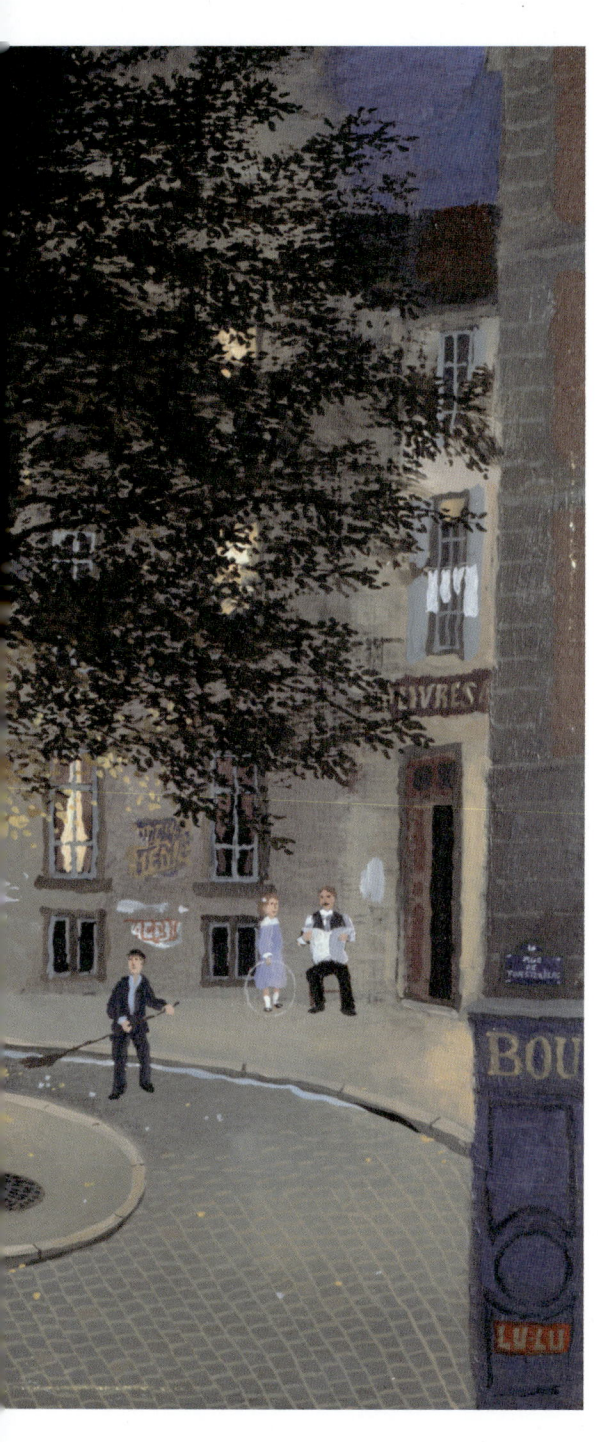

퓌르스텐베르그 광장

Place de Furstenberg,
33×40.6cm, Serigraph on Paper, 1975.

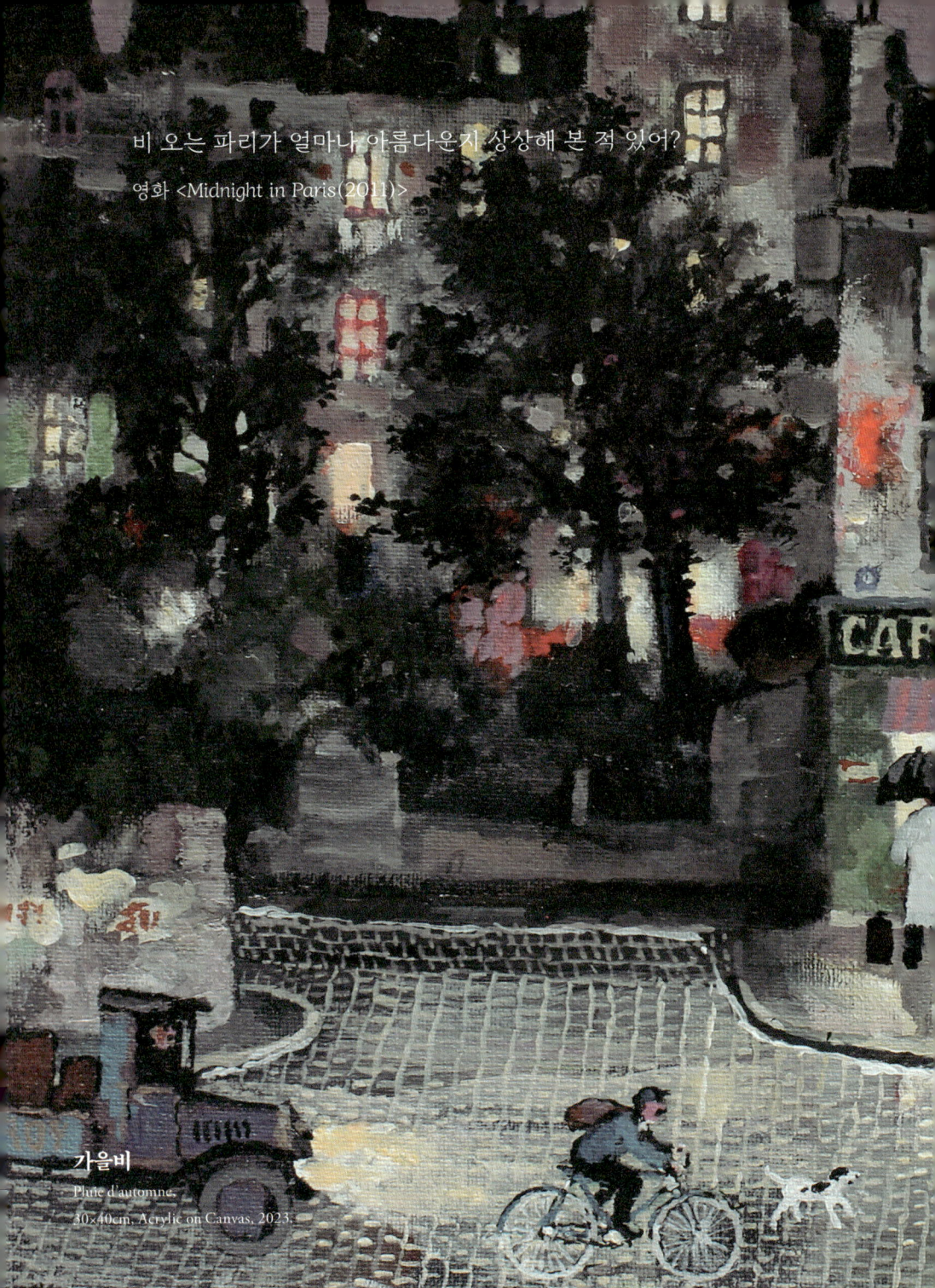

비 오는 파리가 얼마나 아름다운지 상상해 본 적 있어?
영화 <Midnight in Paris(2011)>

가을비
Pluie d'automne.
30×40cm, Acrylic on Canvas, 2023.

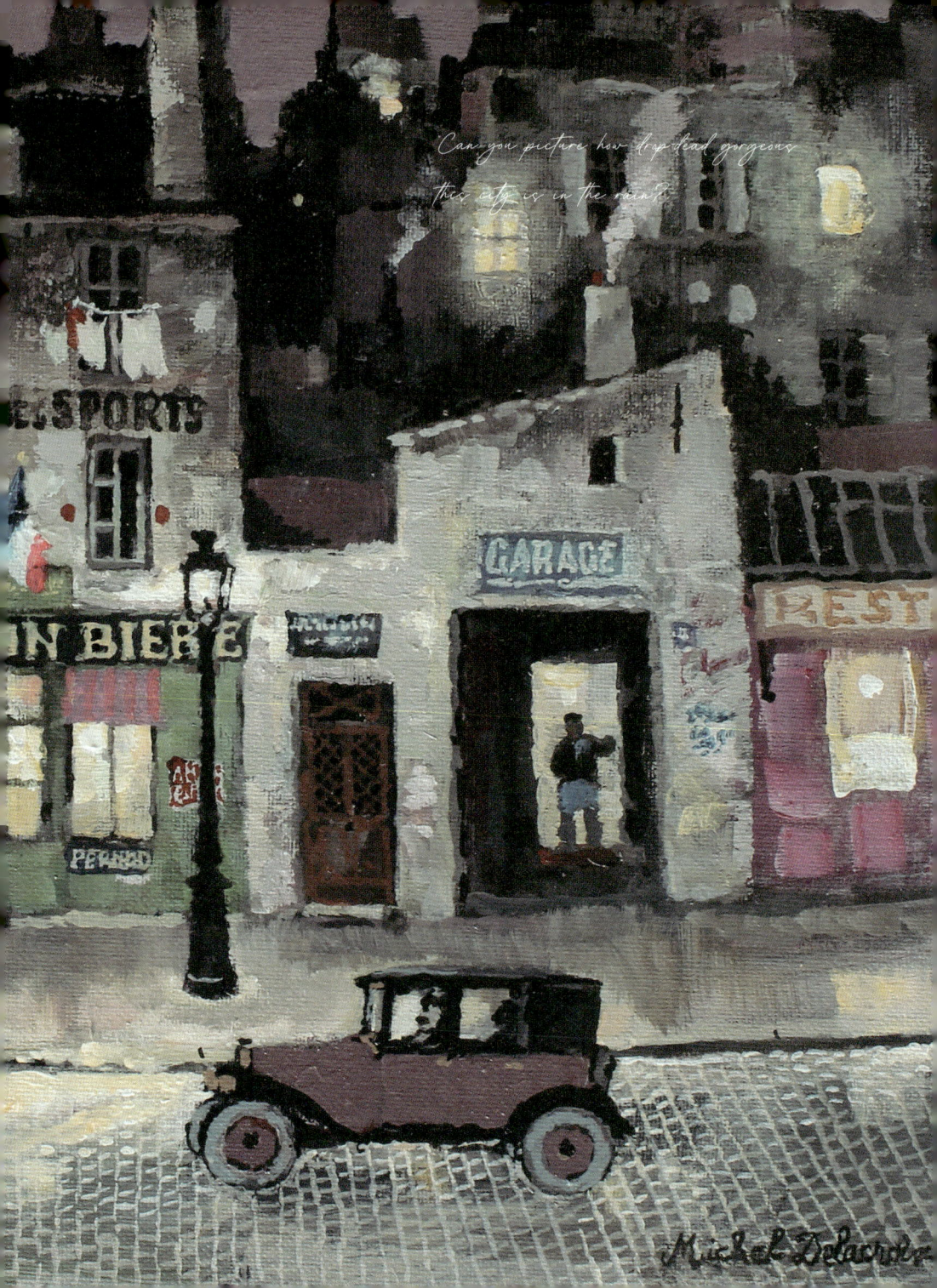

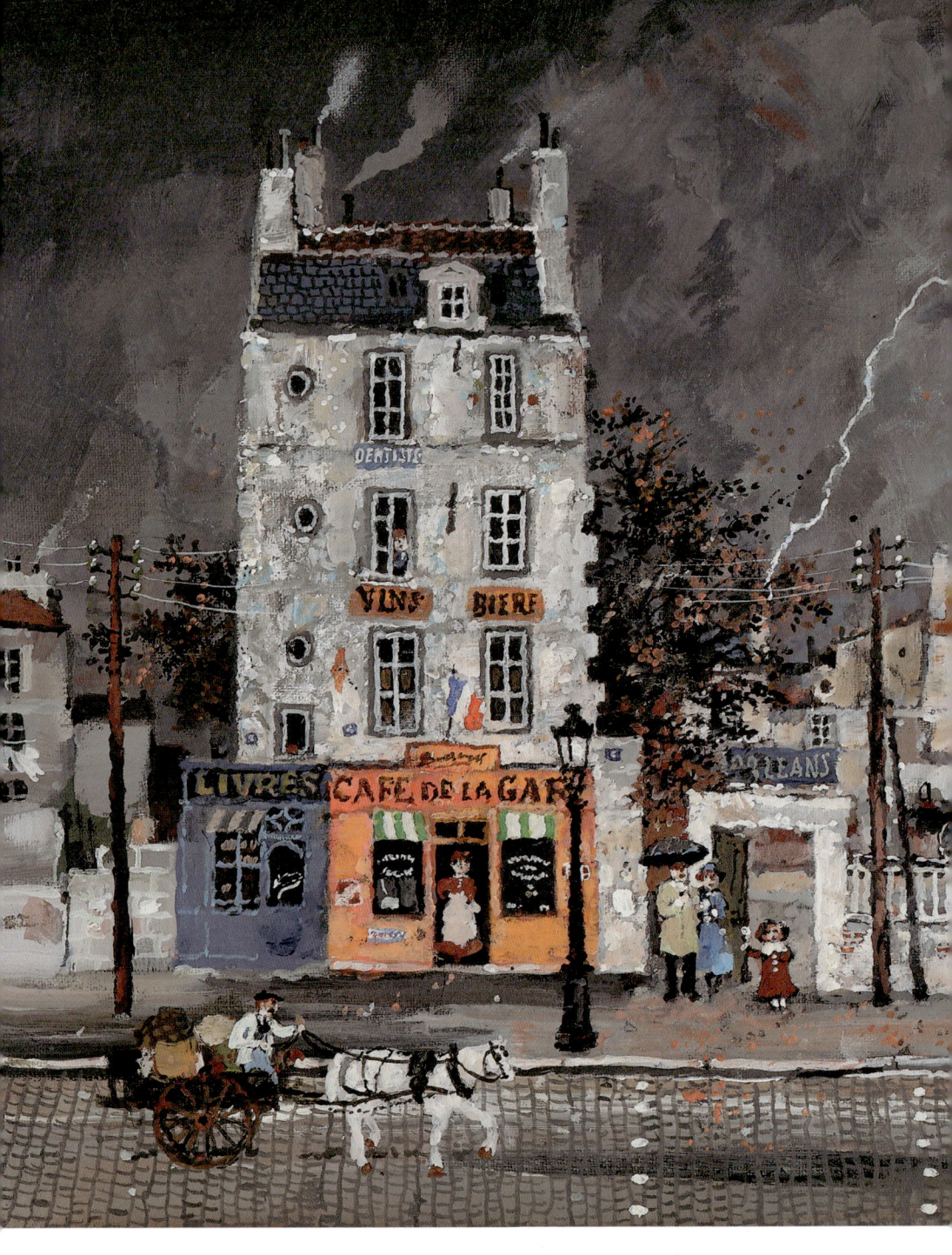

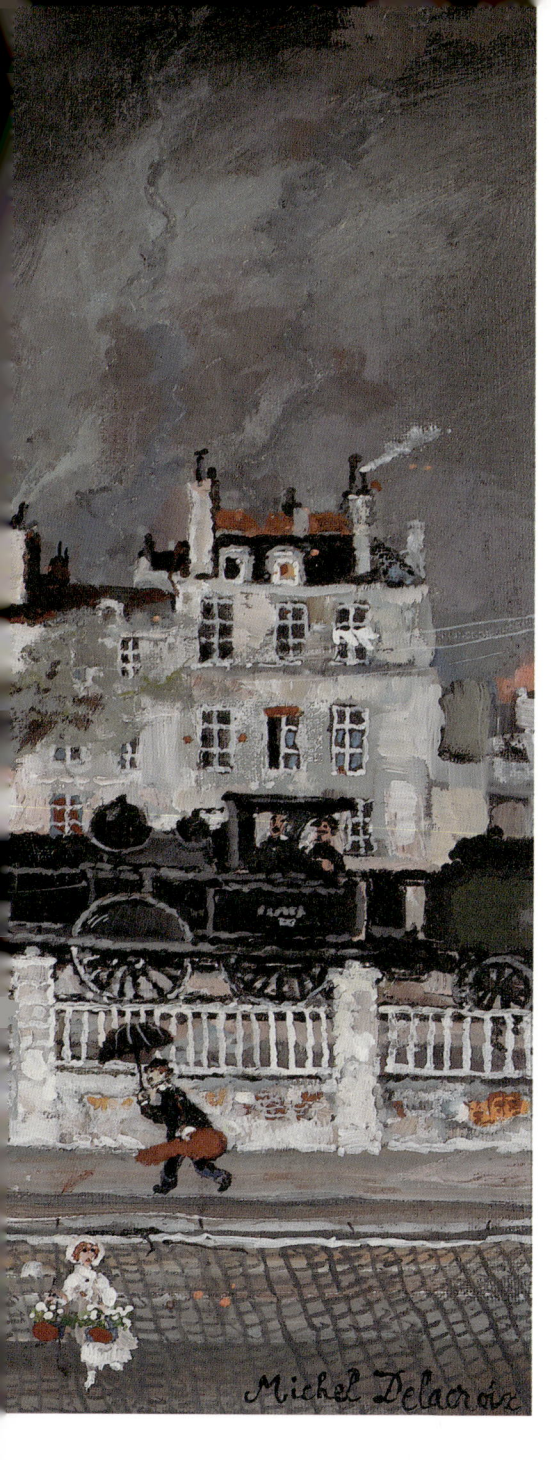

파리에 치는 천둥

Tonnerre sur Paris,
38×45.7cm, Acrylic on Canvas, 2024.

그리고 파리의 하늘에는 비밀이 있어.

20세기 동안 계속

우리의 생루이 섬에 반했다는 것.

섬이 하늘에 미소 지으면 하늘은 파란 옷을 입지.

파리에 비가 오면 그가 불행한 거야.

이 수많은 연인을 아주 질투할 때

우리에게 천둥을 터뜨리며 으르렁거리지.

하지만 파리의 하늘은 그렇게 오랫동안 가혹하지 않아.

화해를 청하려고 무지개를 주거든.

- 샹송 <파리의 하늘 아래>

Et dans le ciel de Paris. J'ai un secret depuis ce
millénaire. Le coup de foudre pour notre île Saint-Louis Quand
les îles sourient dans le ciel Le ciel est vêtu de bleu.
S'il pleut à Paris, c'est qu'il est malheureux, jaloux de tous
ces innombrables amoureux. Il nous foudroie, grondant de colère.
Mais, cela ne dure pas, le ciel de Paris n'est pas si dur
que ça. il nous offre un arc-en-ciel pour demander pardon.

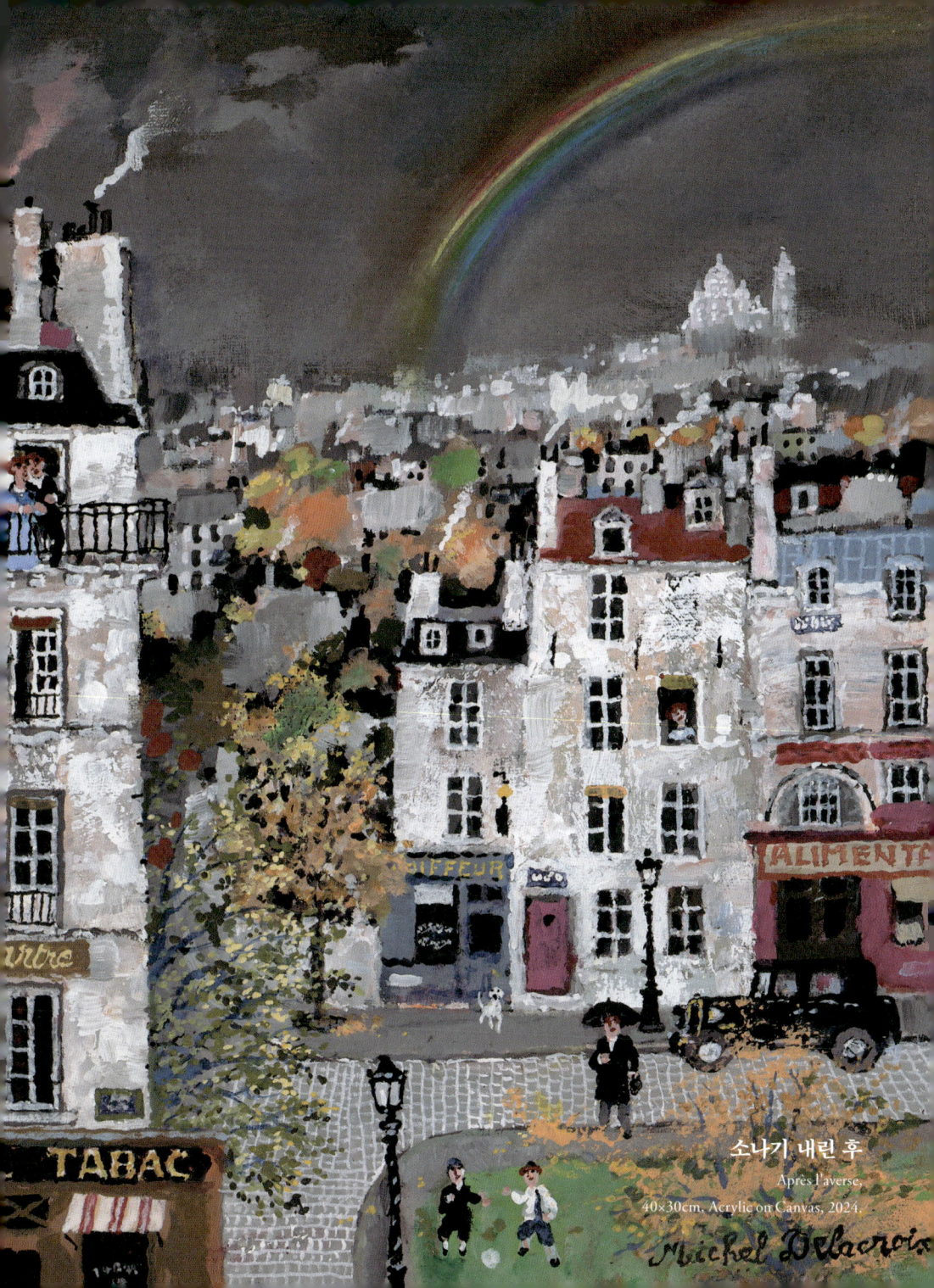

소나기 내린 후
Après l'averse,
40×30cm, Acrylic on Canvas, 2024.

Michel Delacroix

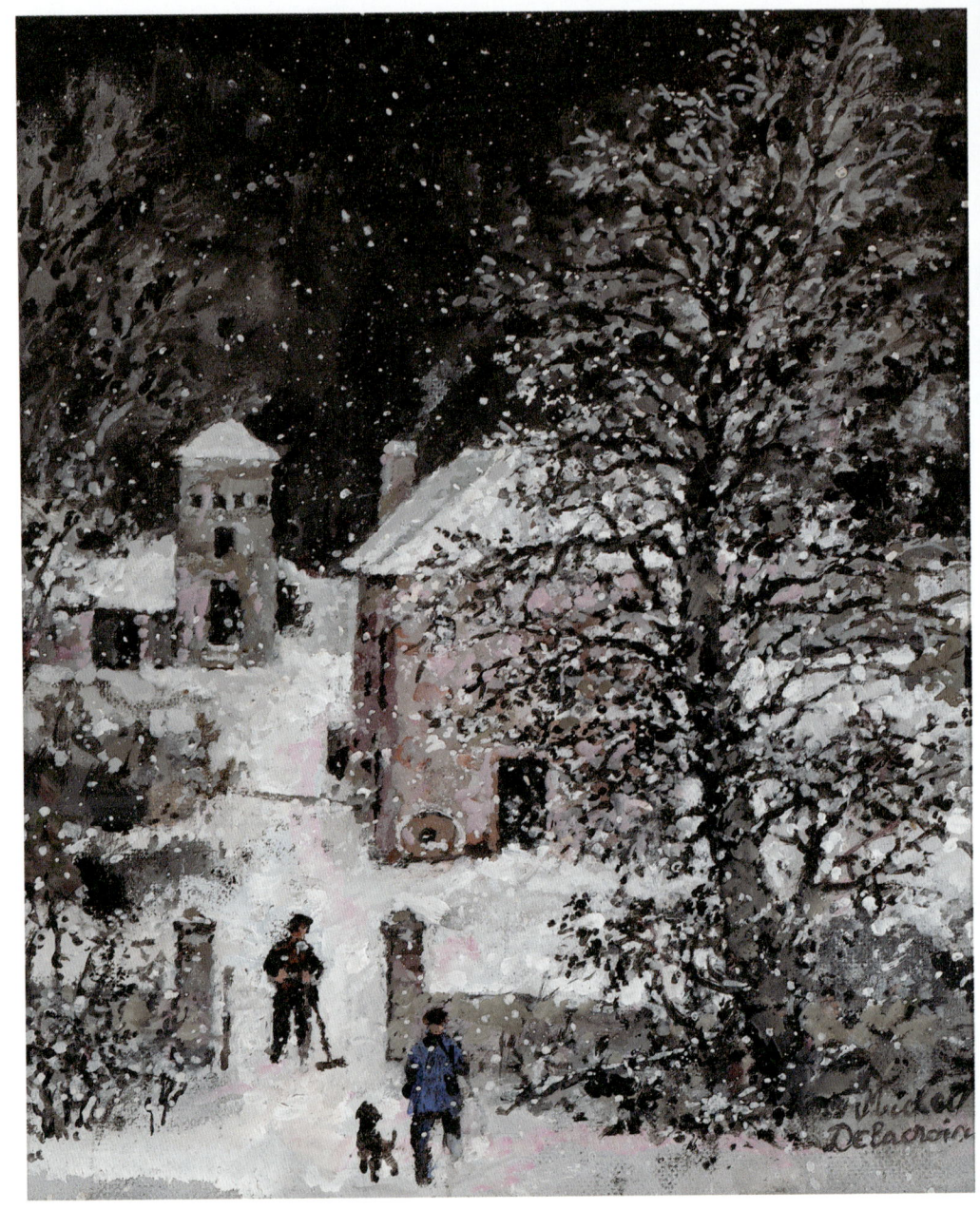

모르쿠르 풍차의 비둘기 집

Le pigeonnier (au Moulin de Morcourt),

30×24cm, Acrylic on Board, 2024.

미셸의 화폭에는 눈이 내린 풍경과 함께 펼쳐지는 파리지앵의 다양한 이야기가 담겨 있다. 현재 겨울의 파리에는 눈이 드물게 내리지만, 1930년대의 파리는 지금보다 더 추웠고 지금보다 자주 눈이 내렸다고. 그가 그린 겨울의 그림에는 눈싸움하는 아이들, 중절모에 붉은 목도리 차림으로 우산을 들고 지나가는 중년의 남성, 눈을 빗자루로 쓰는 사람, 석탄을 실어 나르는 수레를 끄는 사람, 마차의 말을 끌고 가는 마부, 도시의 평화를 지키는 경찰, 가스등을 가는 사람, 벽난로에서 나온 굴뚝의 연기까지 겨울의 소재가 매우 다양하게 등장한다.

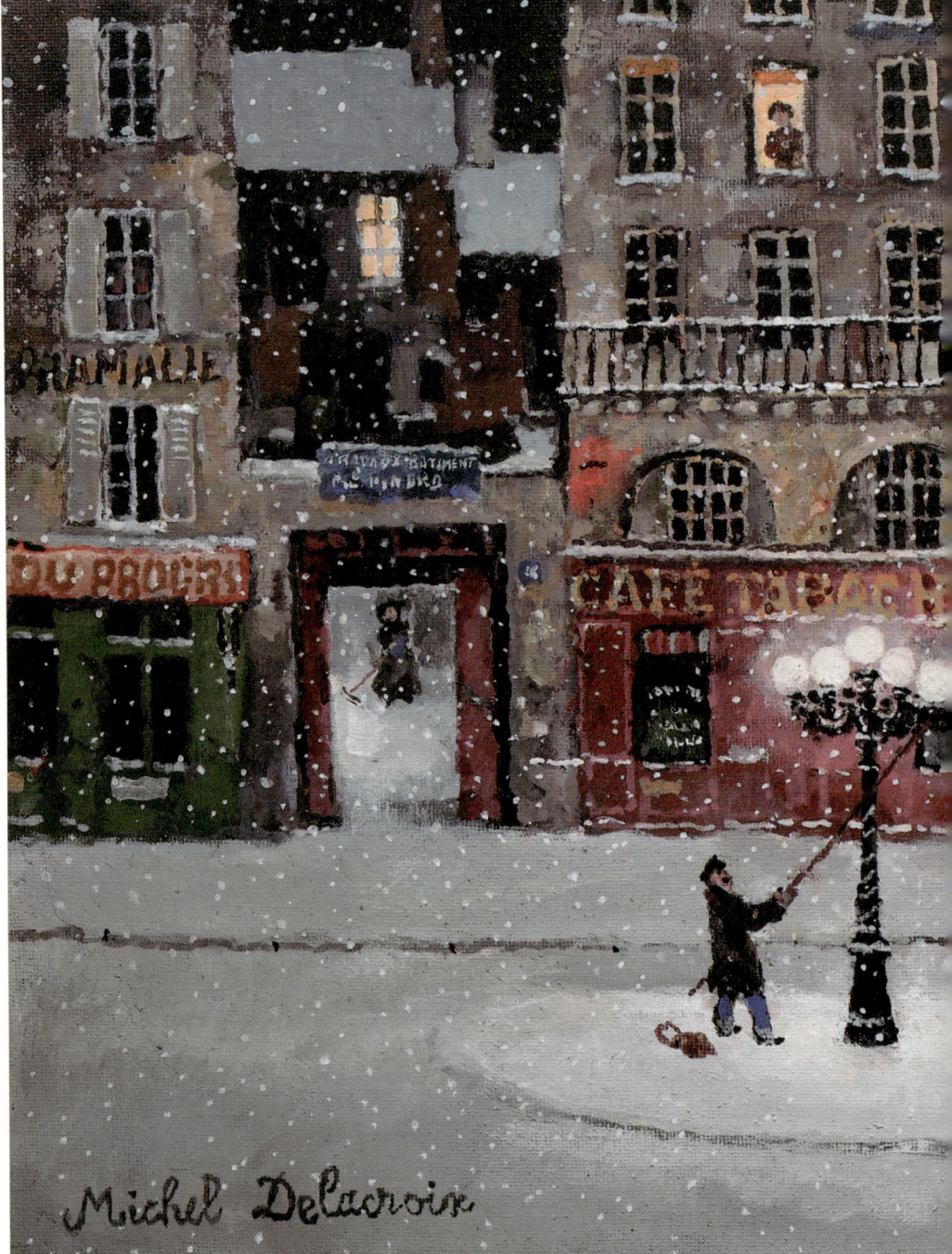

Michel Delacroix

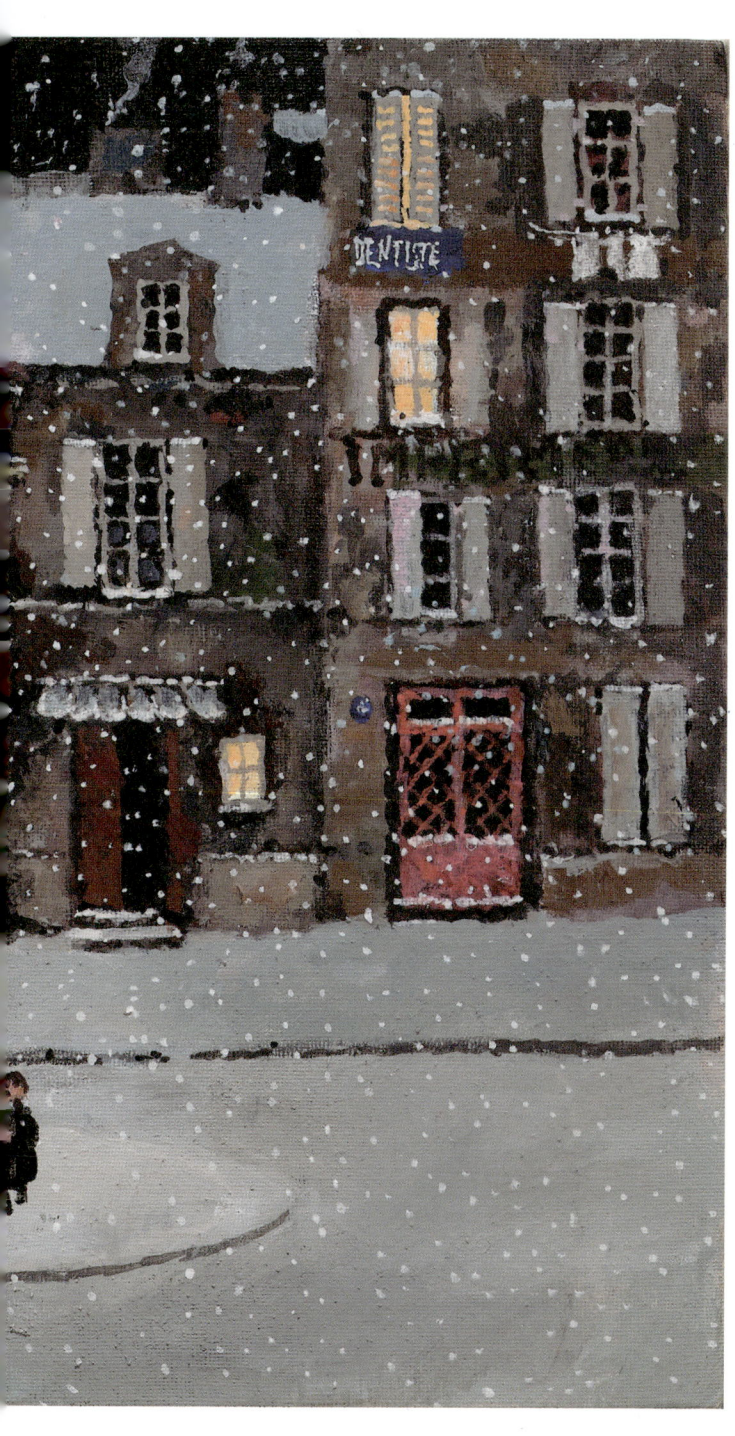

겨울이 왔습니다

C'est l'hiver,
30×40cm, Acrylic on Board, 2025.

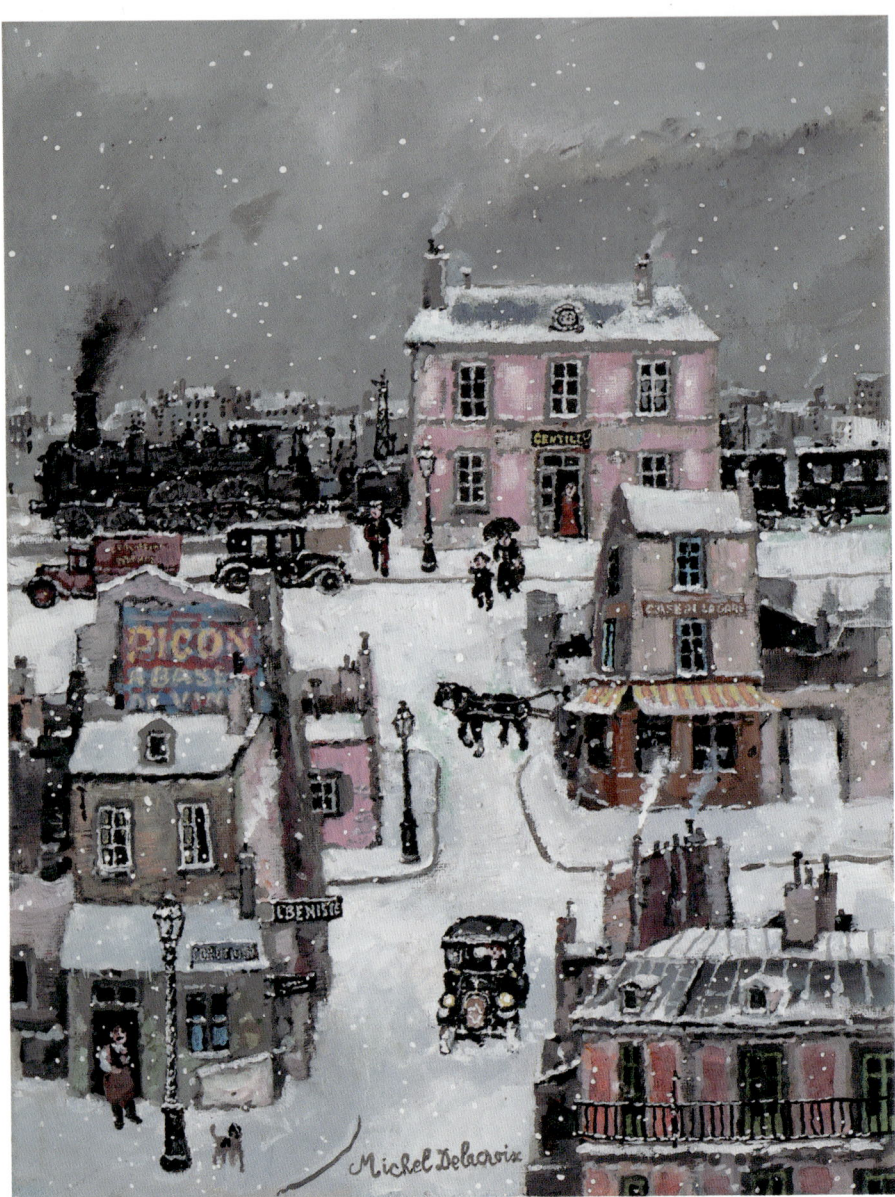

장티유 역

La Gare de Gentilly,

40×30cm, Acrylic on Canvas, 2024.

('눈이 행복을 불러온다고 믿으세요?'라는 질문에) 네, 약간의 신비감 어린 붓 터치도 추가할 수 있고요. 기적이 일어날 듯한 밤 같달까요. 무슨 일인가 꼭 벌어질 것 같죠. 그리고 크리스마스 밤에 눈이 내린다면 절대적으로 더 그렇죠.

Oui, ça ajoute une touche de mystère. C'est comme une nuit miraculeuse. Il va se passer quelque chose. Et cette chose, c'est surtout la nuit de Noël, évidemment.

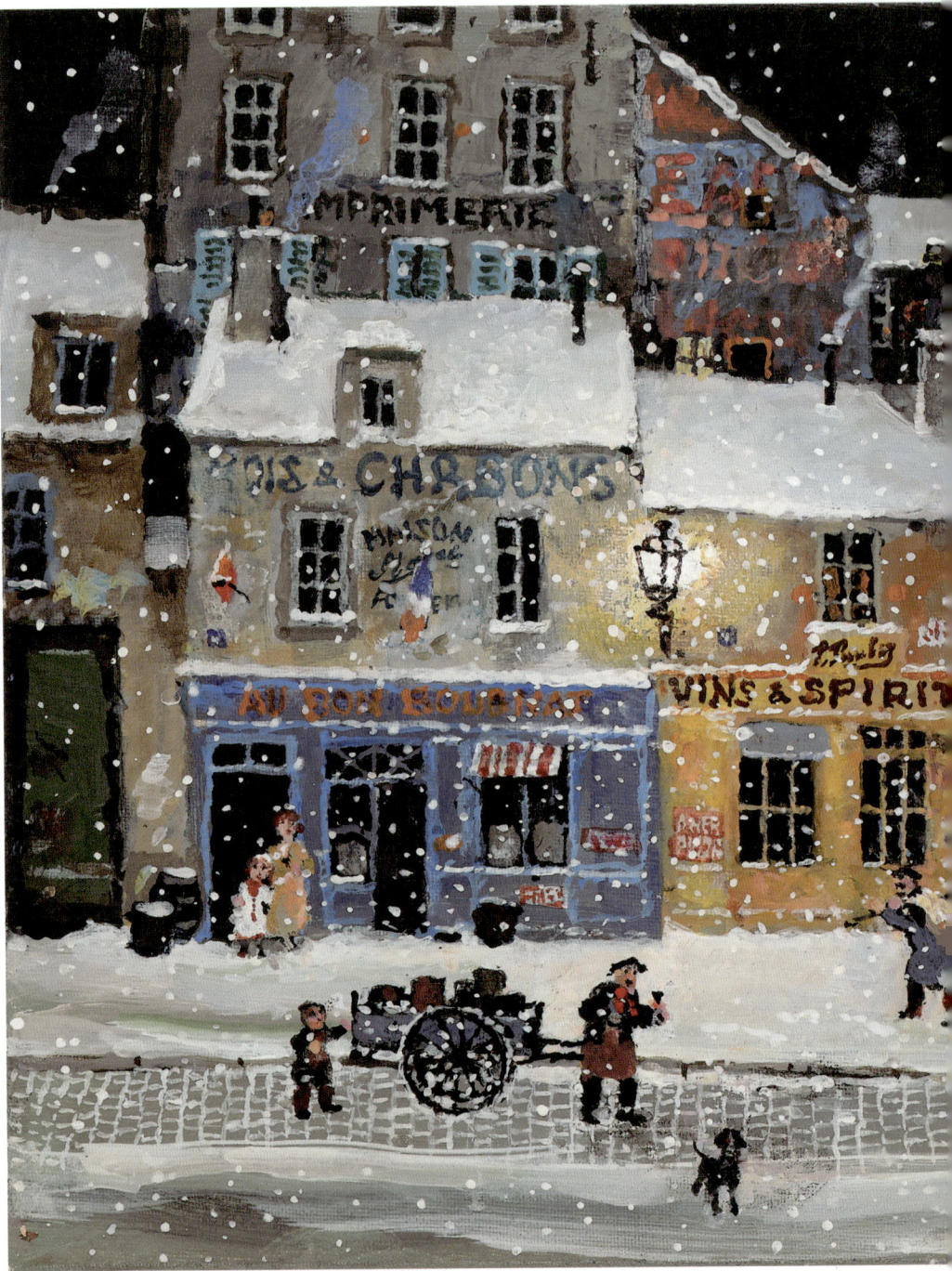

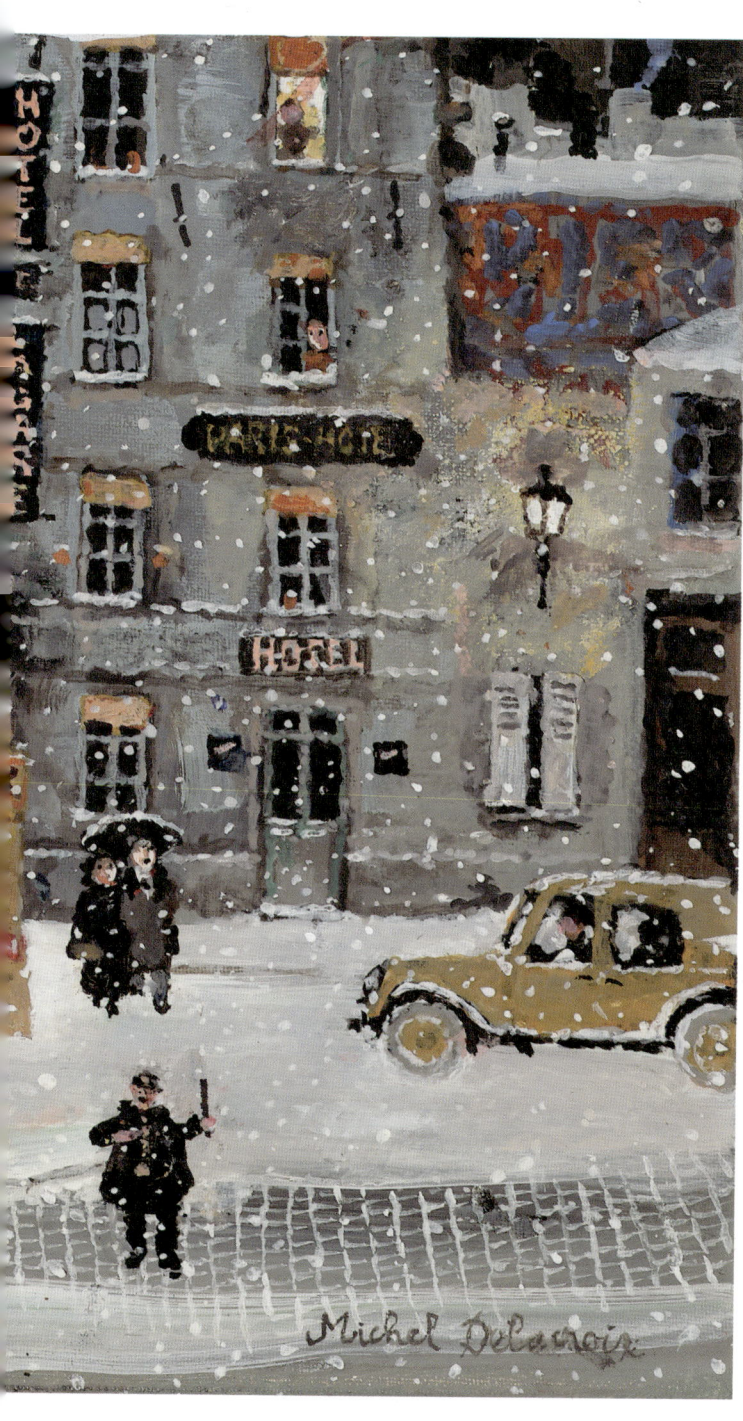

겨울날
Jour d'hiver,
30×40cm, Acrylic on Board, 2025.

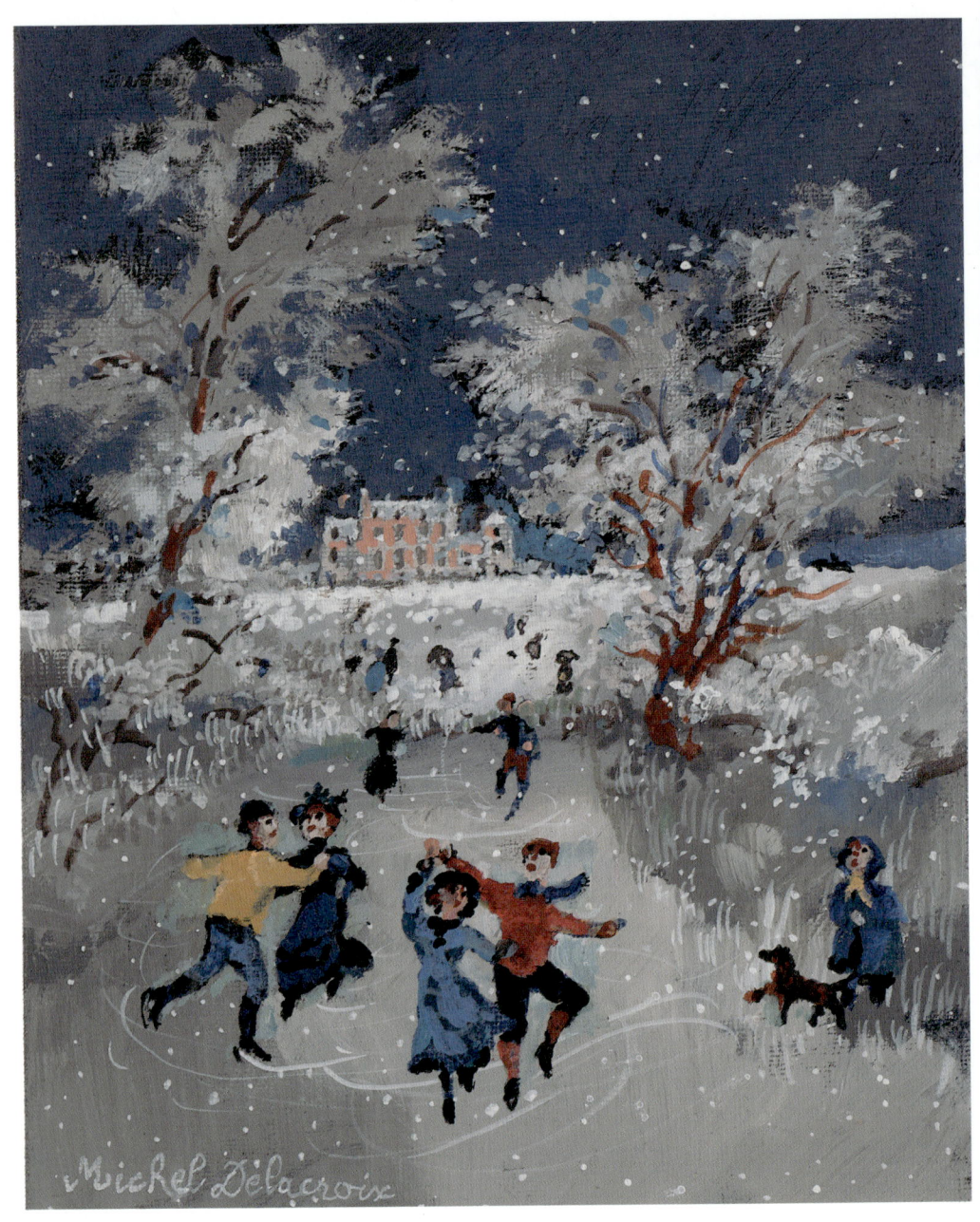

얼음 위에서의 왈츠

La valse sur la glace,

24×18cm, Acrylic on Canvas, 2024.

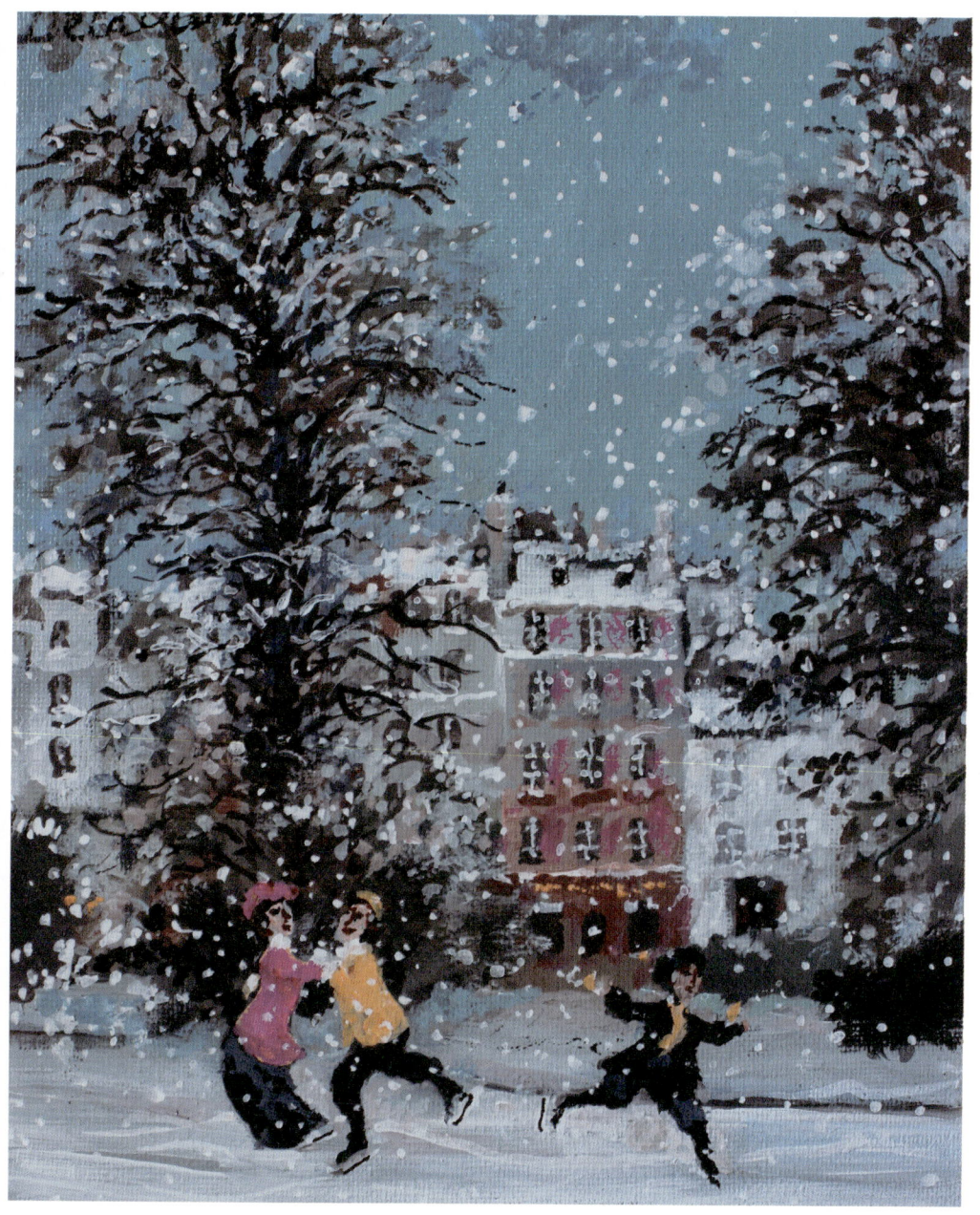

스케이트 타는 즐거움

Joie du patinage,

24×18cm, Acrylic on Canvas, 2024, Private Collection.

Part 4

영원히, 화가

L'artiste, po

화가가 되지 않았더라면 새로운 예술가가 되었을 거예요.
다음 생애가 있다 해도 저는 늘 예술가일 것입니다.

Si je n'avais pas été peintre, j'aurais été

une autre sorte d'artiste.

Même si j'avais une autre vie, je serais

toujours un artiste.

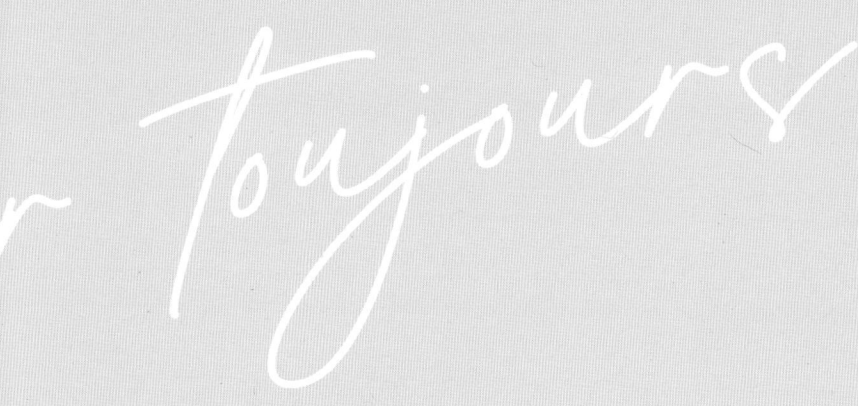

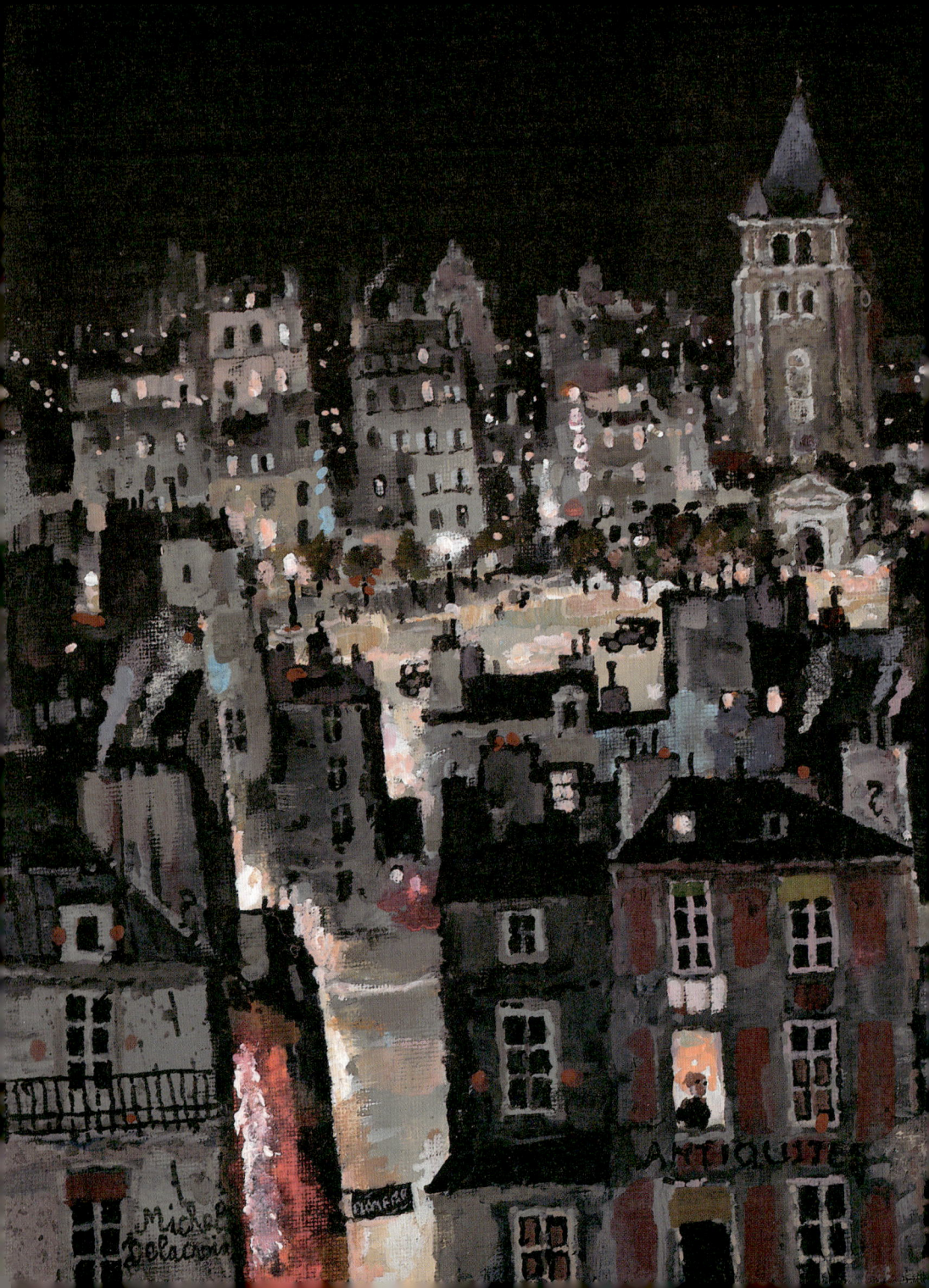

생제르맹 데프레의 짙은 밤

Nuit noire à Saint Germain-des-prés,
30.5×30.5cm, Acrylic on Canvas, 2024.

저는 누가 저를 뭐라 부르는지에 관심 없습니다.

저는 제가 평범한 화가임을 압니다.

저는 종종 제가 거대한 정원이 아닌 작은 정원에서

놀고 있다고 말하곤 합니다.

Je ne me soucie pas de ce que les gens pensent de moi.

Je sais que je suis un peintre ordinaire.

On me dit souvent que je joue dans un petit jardin, pas dans un grand.

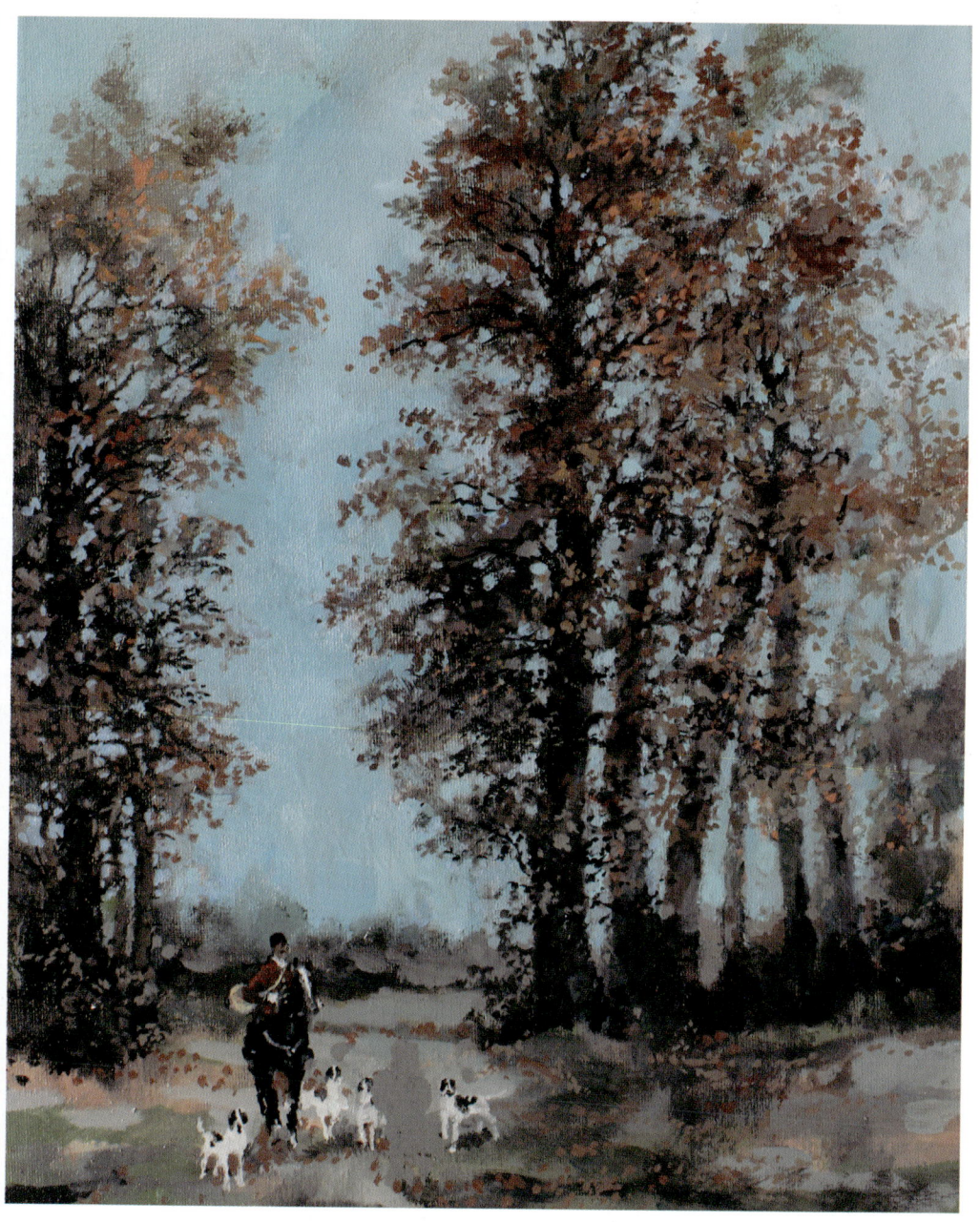

숲에서의 아침

Le matin en forêt,

40×30cm, Acrylic on Canvas, 2024.

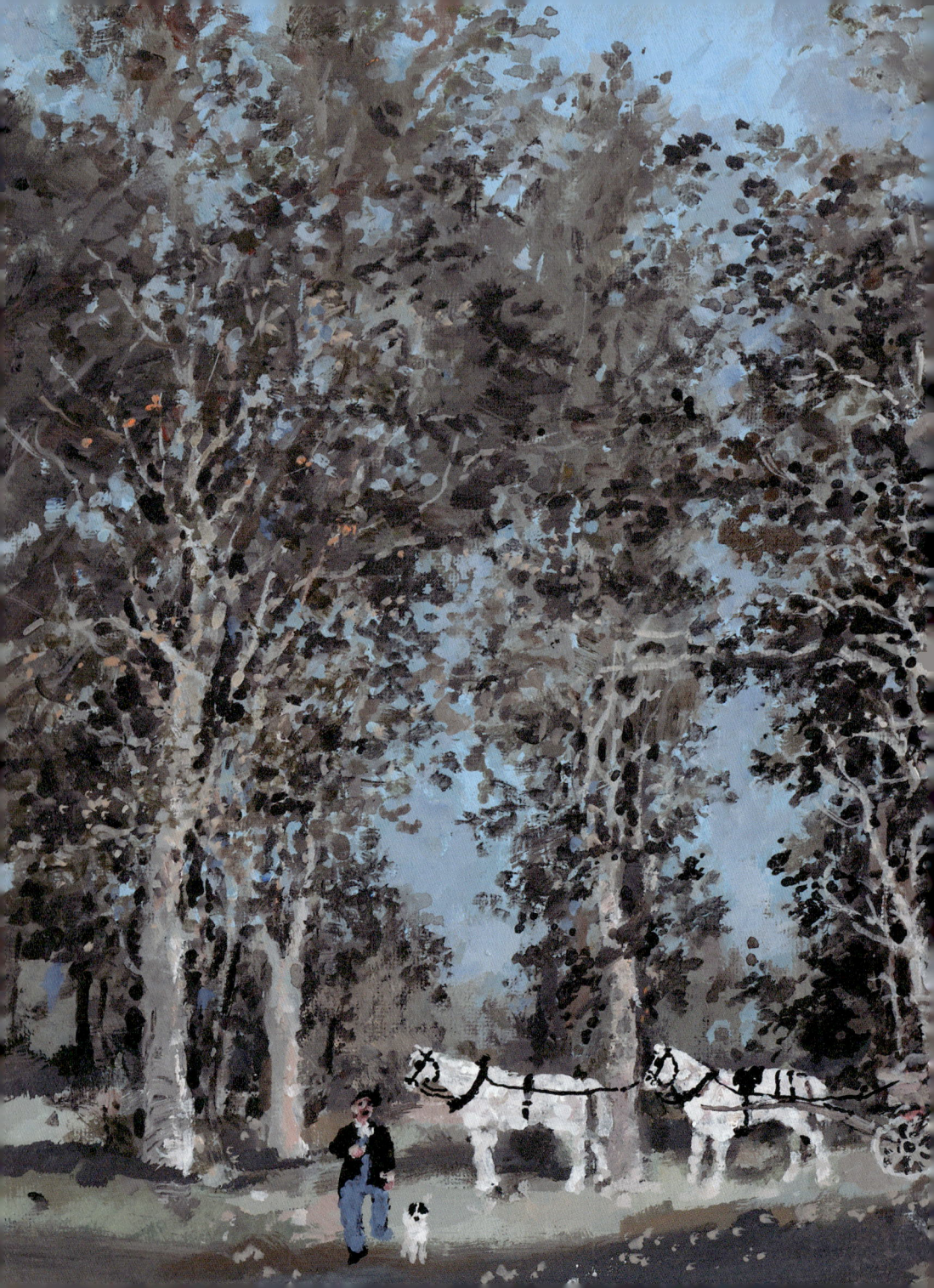

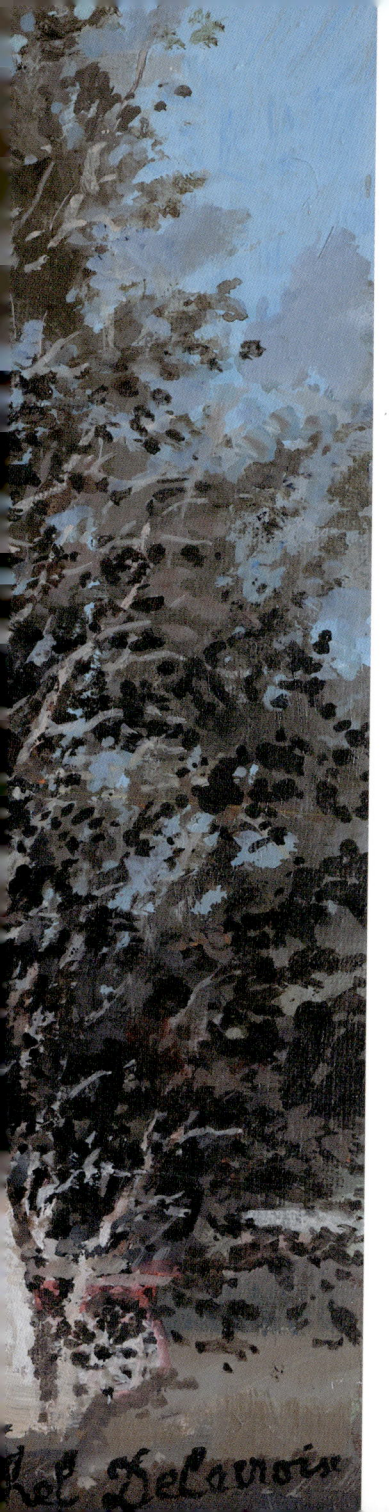

조르주 삼촌

George's,

29×29cm, Acrylic on Canvas, 2024.

당신이 잠든 동안,

꿈꾸고 있는 동안

시계의 바늘은 다 돌아갔네.

이젠 너무 늦었지.

하지만 난 여전히 살아 있고,

사랑도 하고

기타를 치며 노래도 부르네.

노래를 하는 동안

사랑을 하는 동안

그리고 꿈을 꾸는 동안은

아직도 시간이 남아 있다네.

- 조르주 무스타키 〈이젠 너무 늦었어요〉

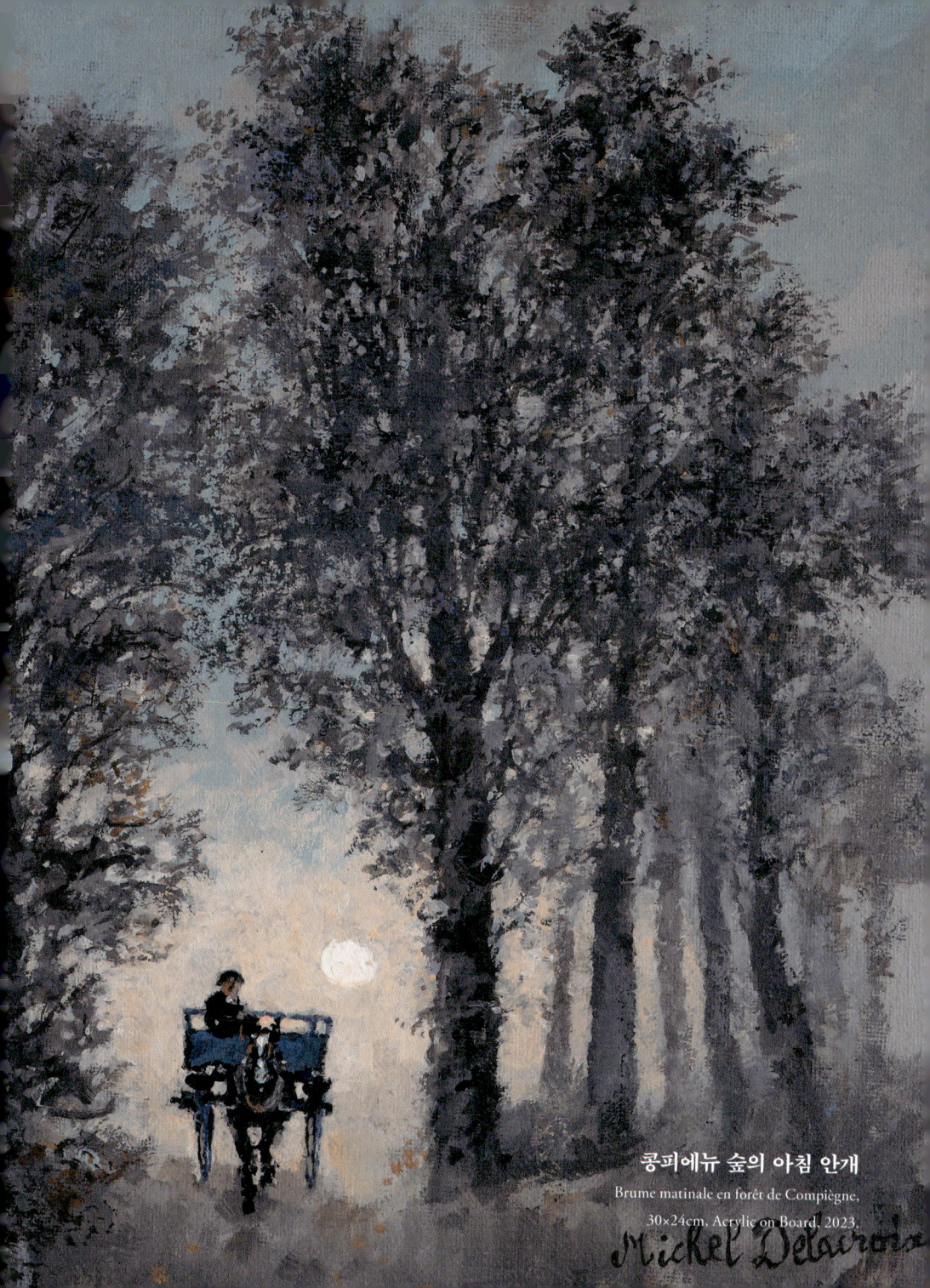

콩피에뉴 숲의 아침 안개
Brume matinale en forêt de Compiègne,
30×24cm, Acrylic on Board, 2023.
Michel Delacroix

저는 농부 같은 사람이라 간단한 식사를 선호합니다. 한 장의 장봉햄, 그리고 감자만 있으면 되는 미식가와는 거리가 먼 사람이에요. 매년 캄보디아에서 겨울을 보내기 때문에 아시아 음식에도 익숙합니다. 넴과 스프링롤, 쌀도 즐겨 먹는 편이에요. 레스토랑에 가는 것보다 가정식을 먹는 것을 선호합니다. 그리고 레드와인을 빼놓을 수는 없지요. 아마 제 장수의 비결은 식사와 함께하는 와인 한 잔이 아닐까 싶네요.

Je suis un agriculteur, donc je préfère manger des repas simples. Je ne suis pas un gourmet, un morceau de jambon et des pommes de terre me suffisent. Comme je passe l'hiver au Cambodge, je suis habitué à la cuisine asiatique. J'aime les nems, les spring rolls et le riz. Je préfère les repas faits maison plutôt que de manger au restaurant. Et bien sûr, il ne faut pas oublier le vin rouge. Peut-être que le secret de ma longévité réside dans un verre de vin avec mes repas.

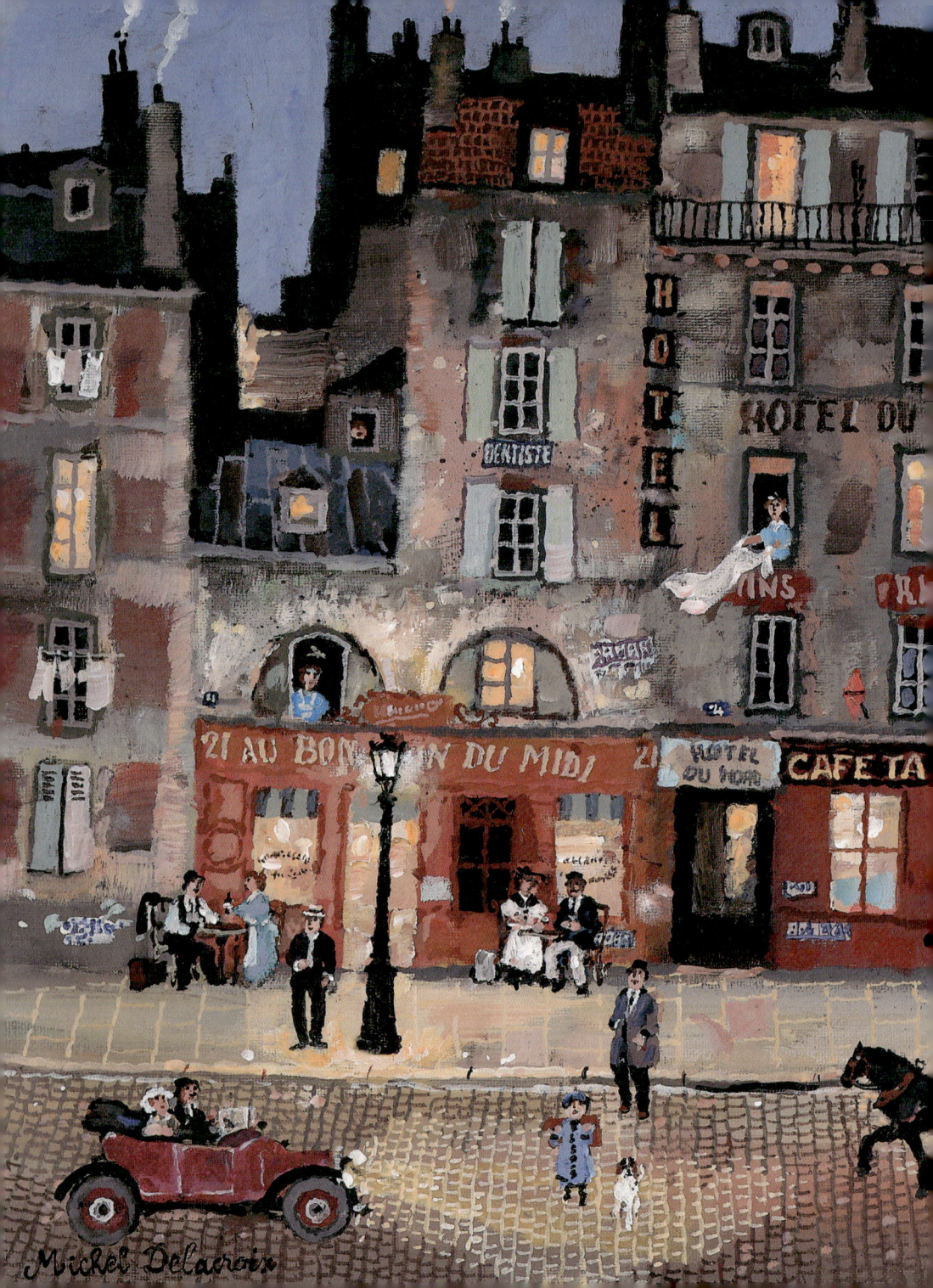

Michel Delacroix

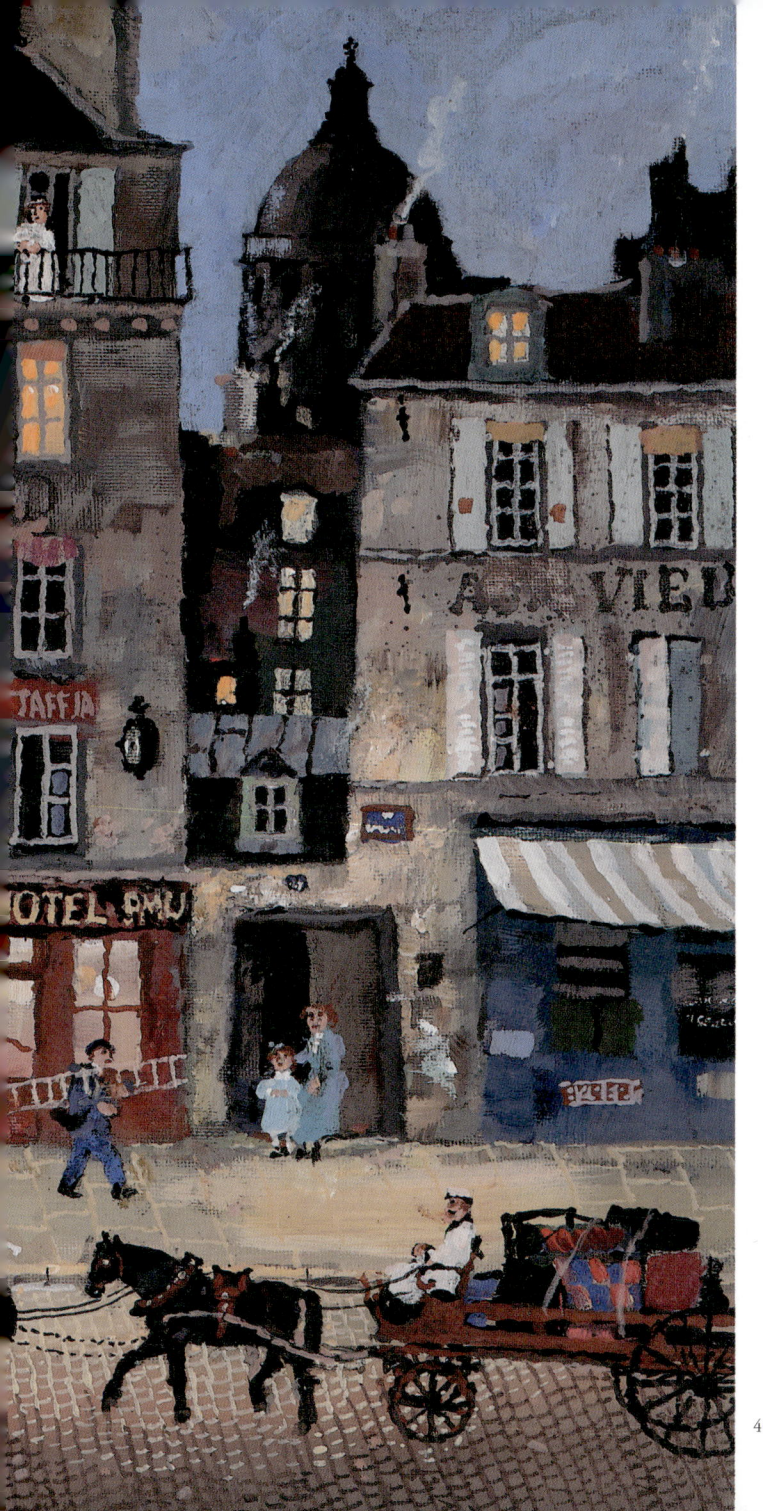

정오의 좋은 와인
Au bon vin du midi,
40.6×51cm, Acrylic on Canvas, 2024.

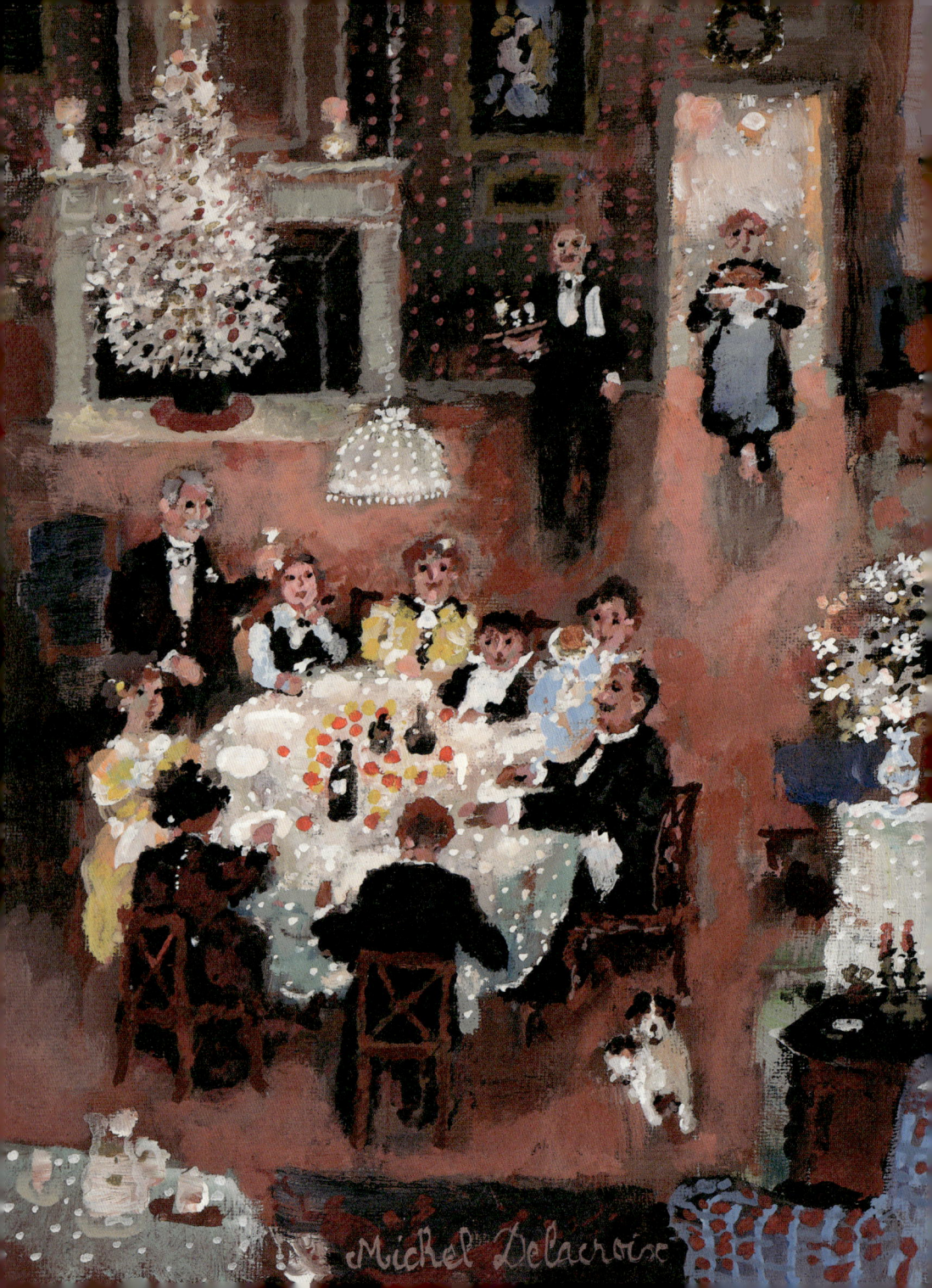

Michel Delacroix

구르네 성에서의 추수감사절
Thanksgiving (Château de Gournay),
30×24cm, Acrylic on Canvas, 2024.

저는 현재 아주 단순한 삶을 살고 있습니다.

운 좋게도 노르망디라는 아주 멋진 지역에

넓은 정원이 있는 아름다운 집에서 살고 있지요.

저는 남은 인생의 대부분을 정원에서

그림 그리는 데 쓰고 있습니다.

집에서 키우는 동물 몇 마리와 (고백하건대) 제가

아이처럼 사랑하는 칼리라는 래브라도 리트리버 한 마리면

충분히 행복하답니다.

Aujourd'hui, je vis une vie très simple. Heureusement, je vis dans une belle maison avec un grand jardin dans un très bel endroit appelé la Normandie. Je passe le reste de ma vie à peindre dans mon jardin. Avec mes animaux domestiques et, je l'avoue, mon labrador Cali que j'aime comme un enfant, je suis tout à fait heureux.

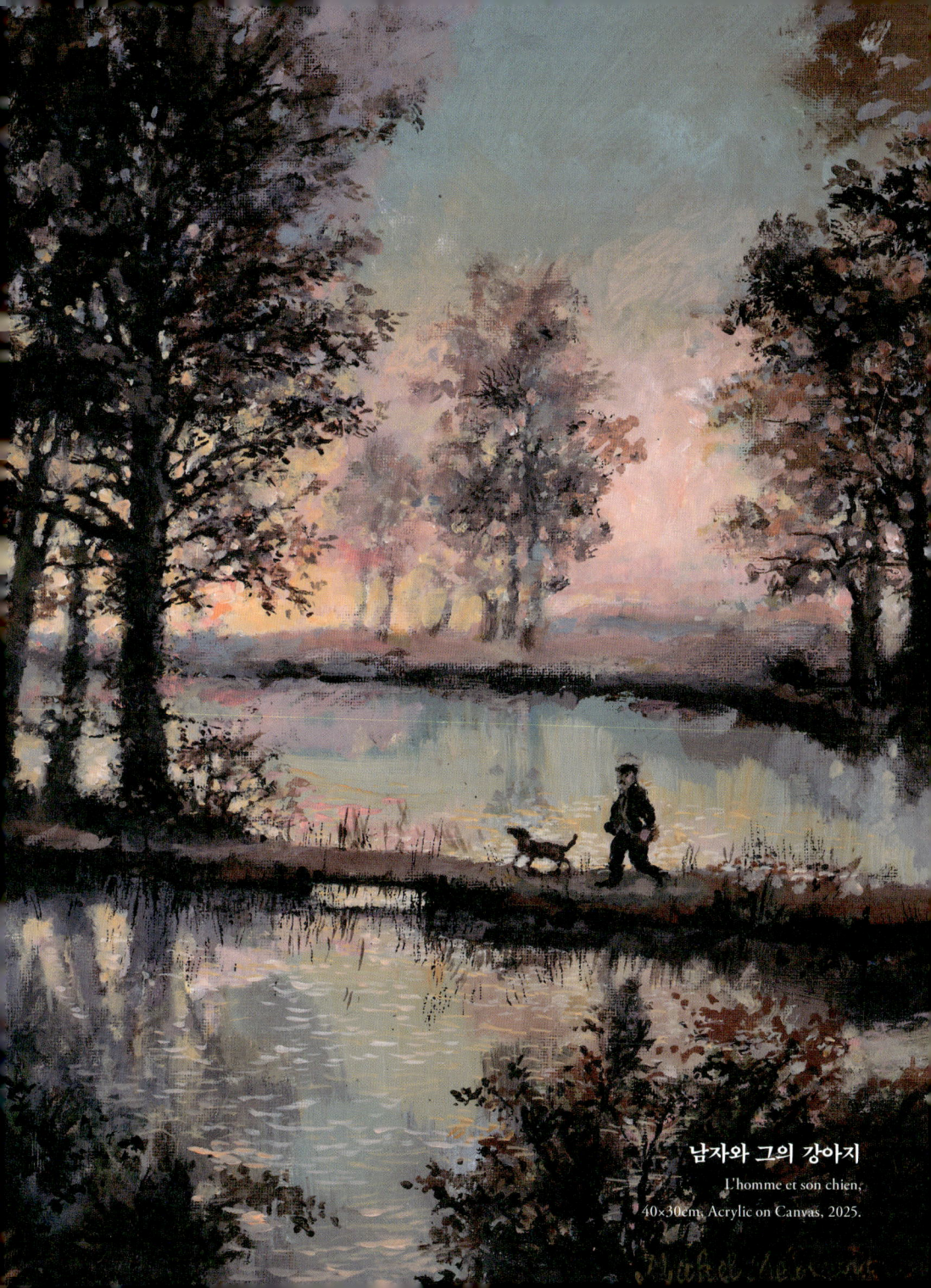

남자와 그의 강아지

L'homme et son chien,
40×30cm, Acrylic on Canvas, 2025.

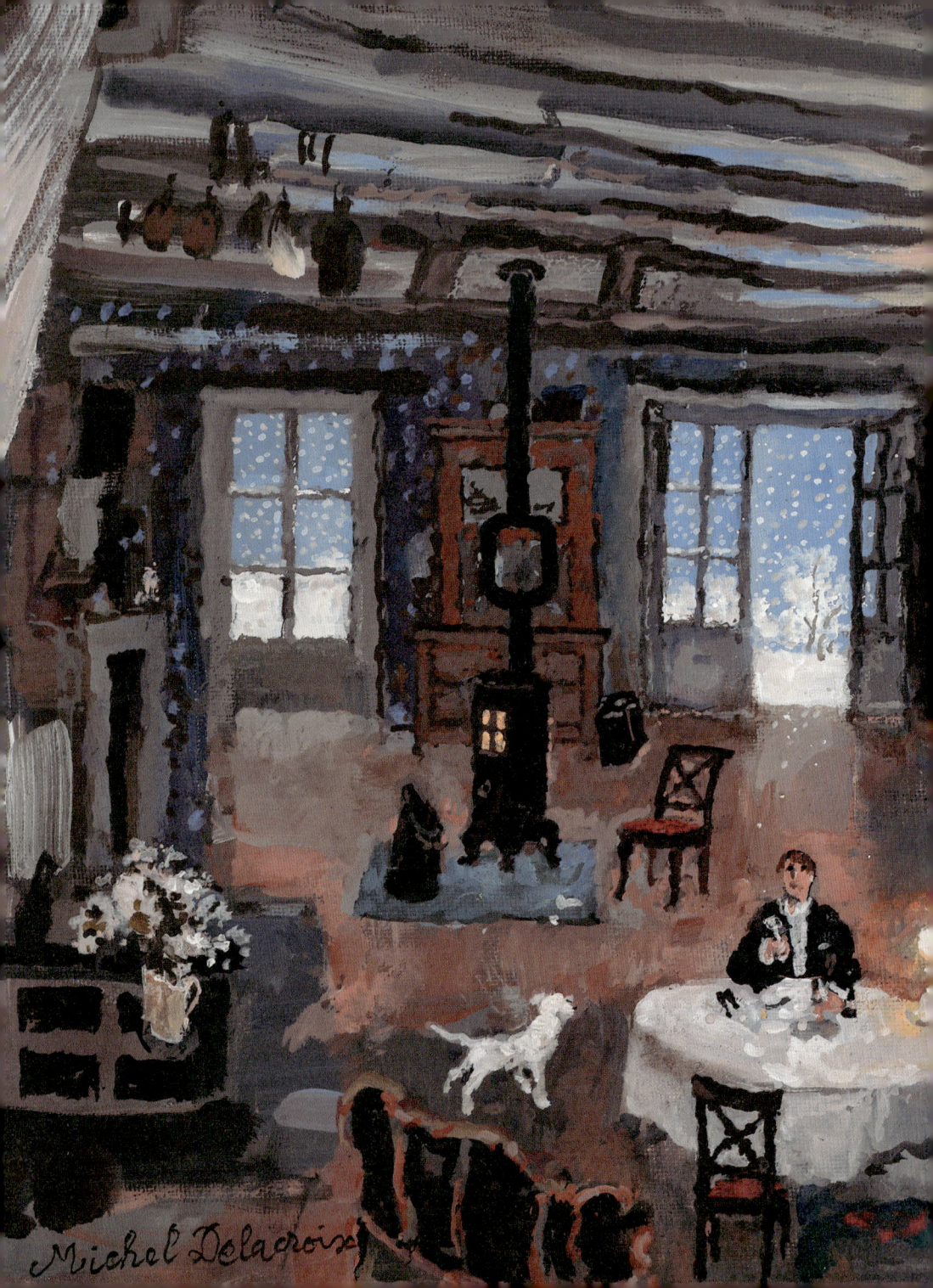

Michel Delacroix

칼리와 함께 이보르에서의 크리스마스

Noël à Ivors avec Cali,

30×24cm, Acrylic on Board, 2024.

누군가 인생이 아름답냐고 묻는다면, 저는 아니라고 할 것 같아요.
그러나 그림이 있기에 버틸 수 있었습니다.

Si quelqu'un me demandait si la vie est belle, je pense que je

répondrais non.

Mais la peinture m'a permis de tenir le coup.

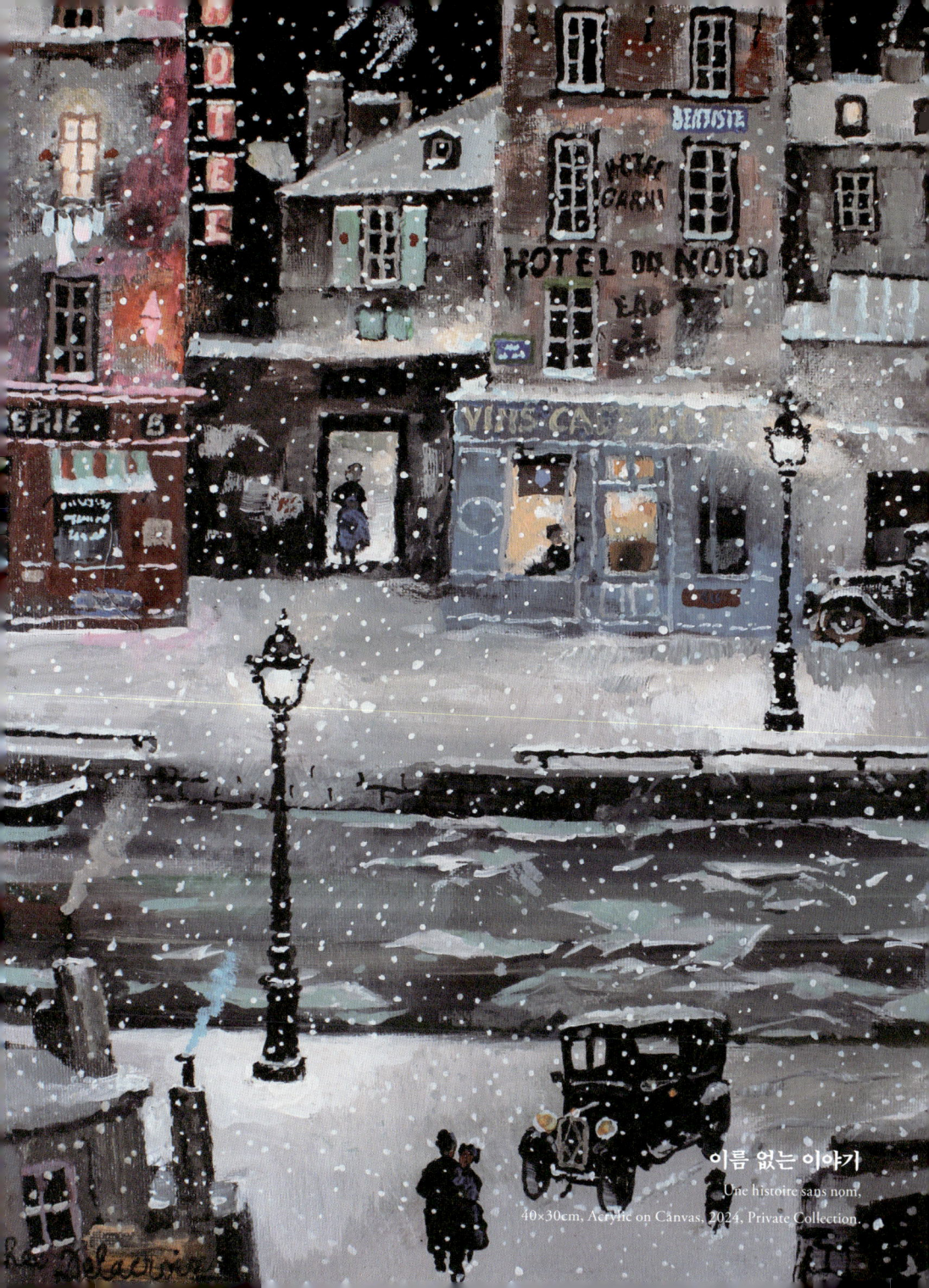

이름 없는 이야기
Une histoire sans nom,
40×30cm, Acrylic on Canvas, 2024, Private Collection.

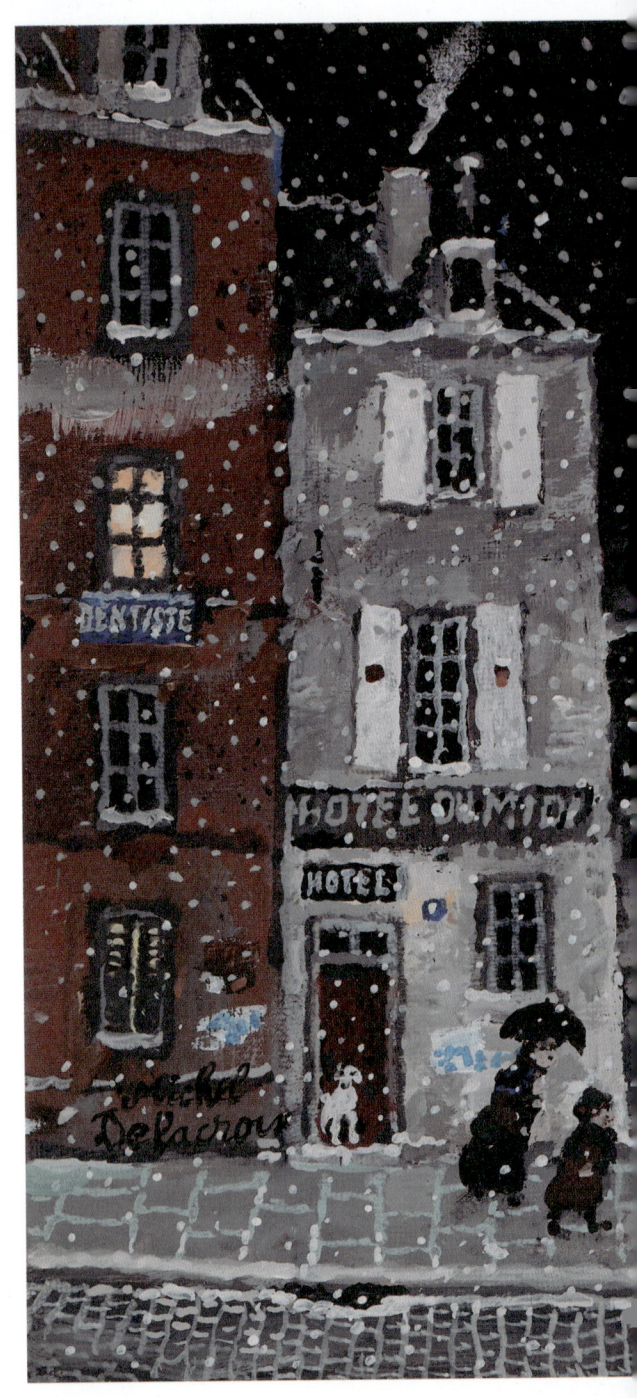

첫 눈송이

Premiers flocons,
24×30cm, Acrylic on Canvas, 2023,
Private Collection.

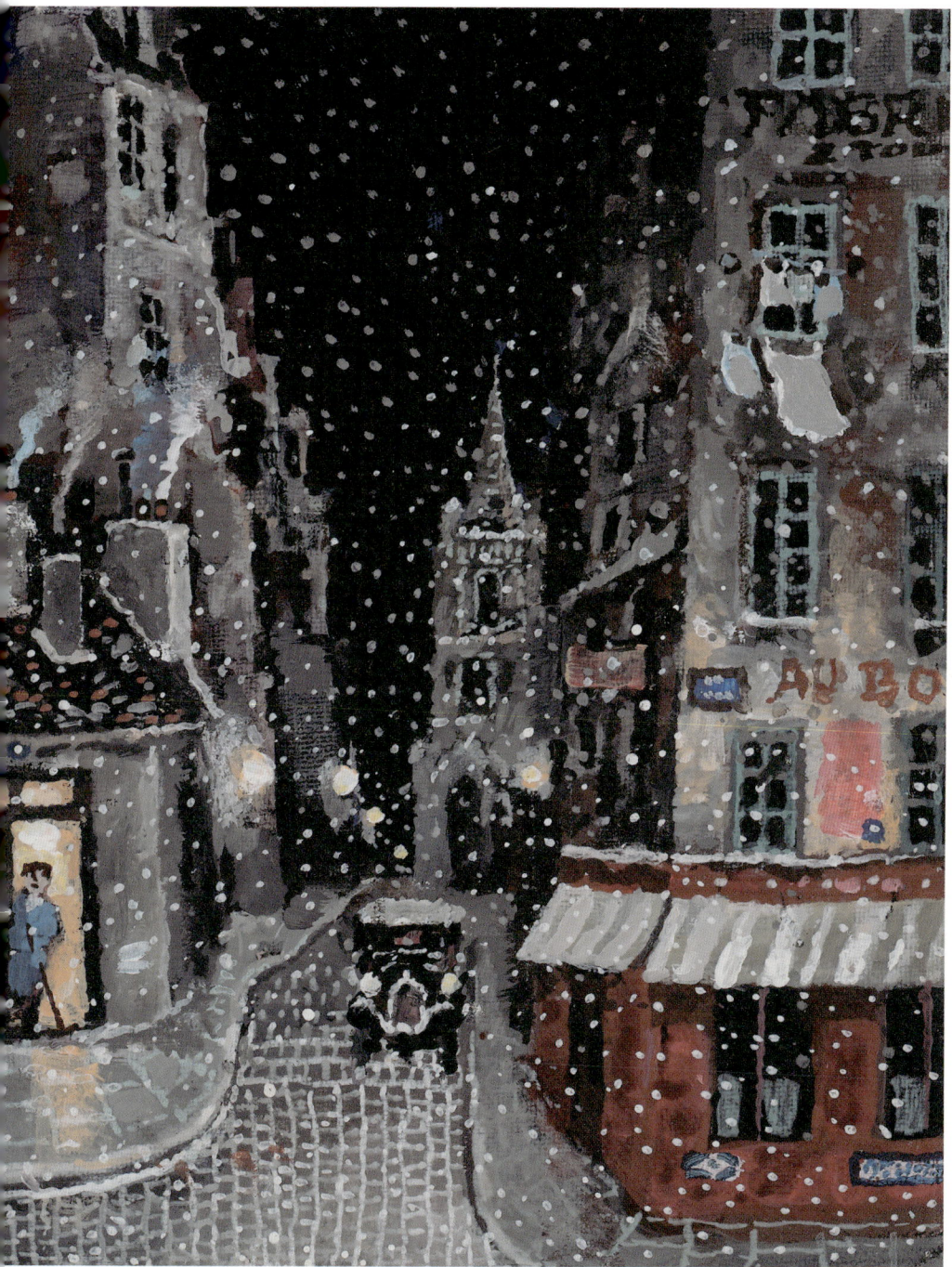

생토노레가의 크리스마스

Noël à la Rue Saint-Honoré,

30×24cm, Acrylic on Canvas, 2024.

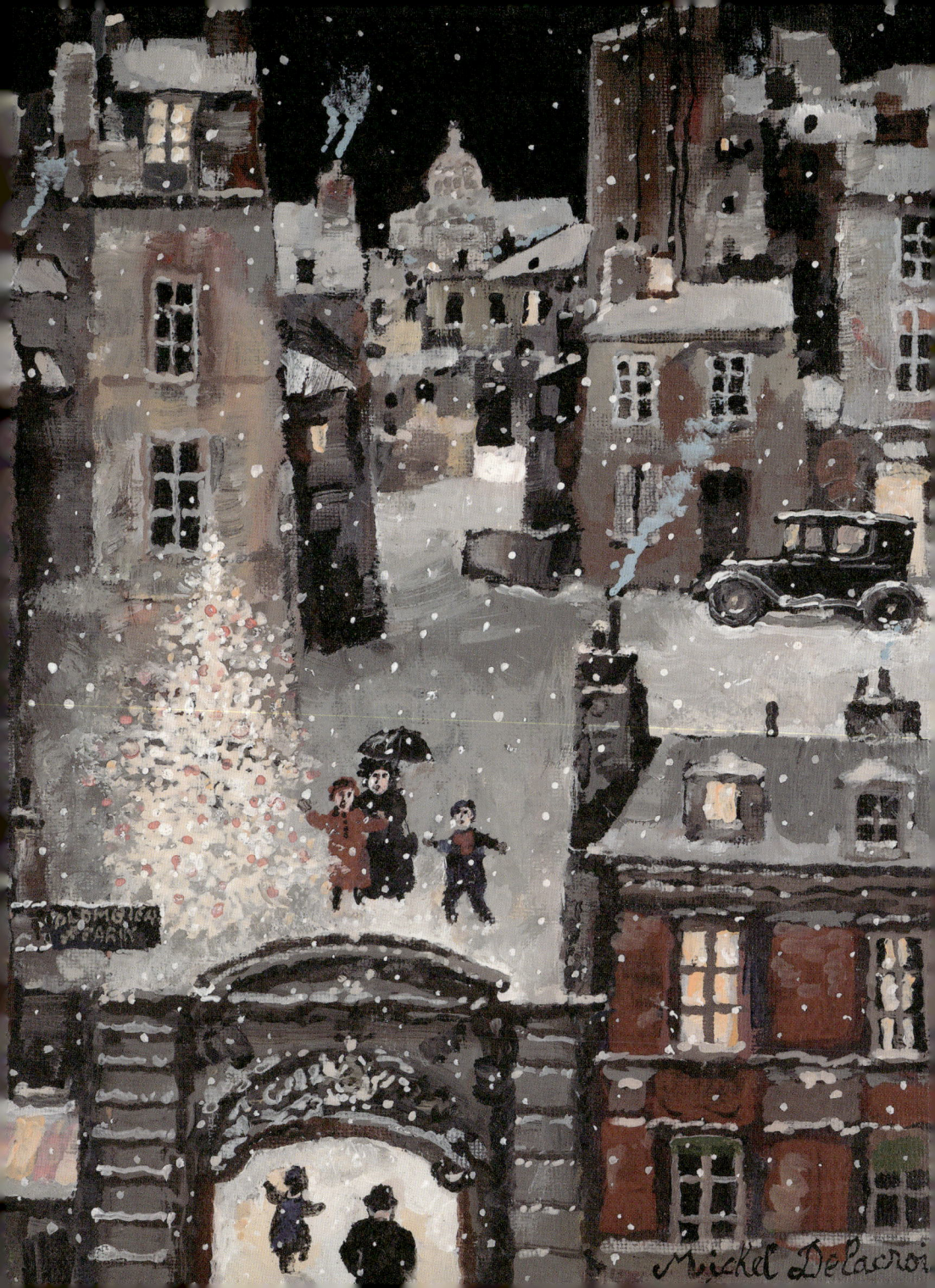

Michel Delacroix

때로는 큰 만족을 얻었고, 기쁠 때도 있었고,

때로는 감당하기 힘든 잊을 수 없는 슬픔을 크게 겪기도 했습니다.

그러나 그림은 언제나 내 곁에 있었습니다.

그림은 저의 가장 좋은 친구이지요.

신에게 그 영광을 돌립니다.

Parfois j'ai eu beaucoup de satisfactions, parfois j'ai eu beaucoup de plaisirs, parfois j'ai eu beaucoup de chagrins inoubliables, parfois difficiles à gérer. Mais la peinture a toujours été à mes côtés. La peinture est mon meilleur ami. Et je rends gloire à Dieu pour cela.

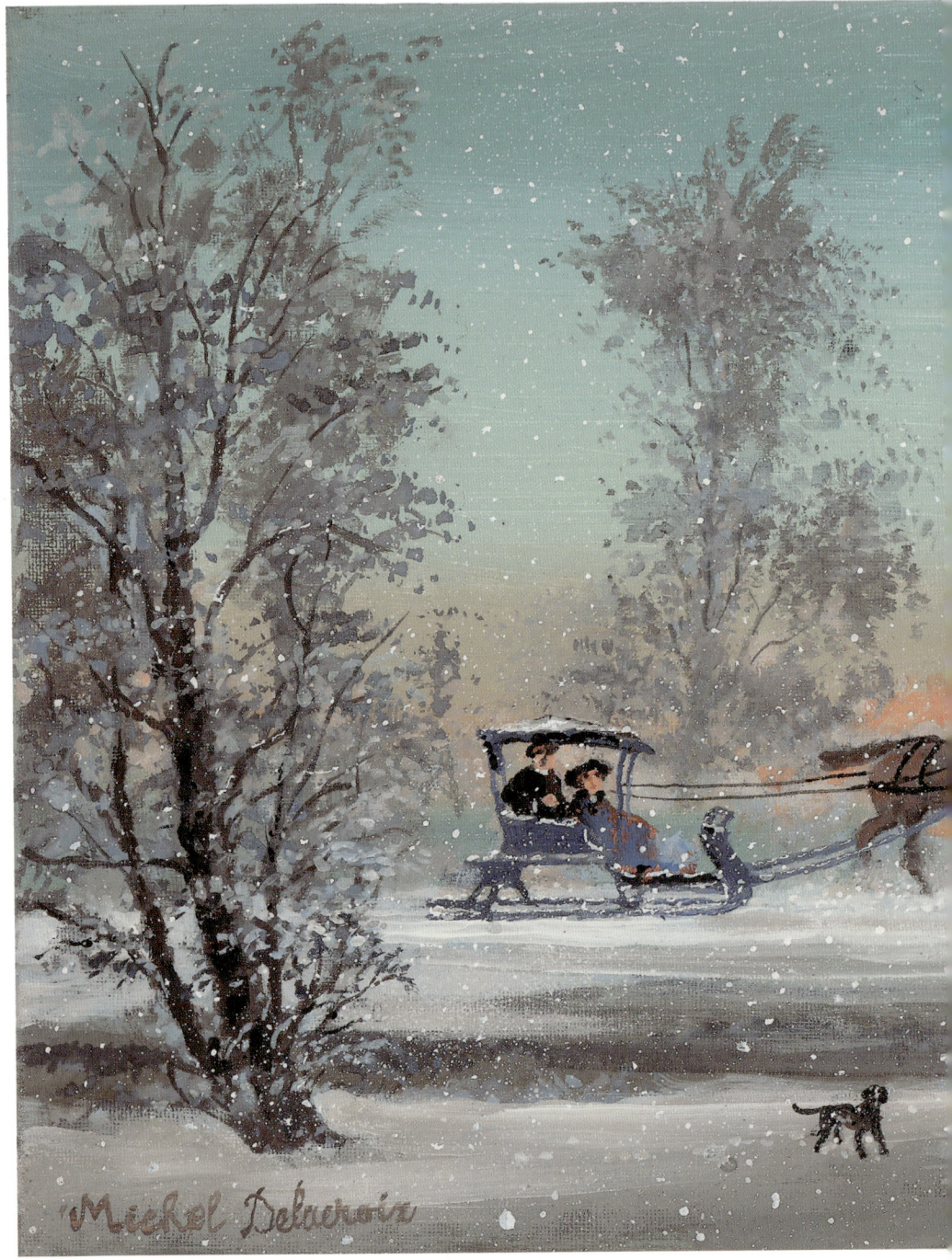

Michel Delacroix

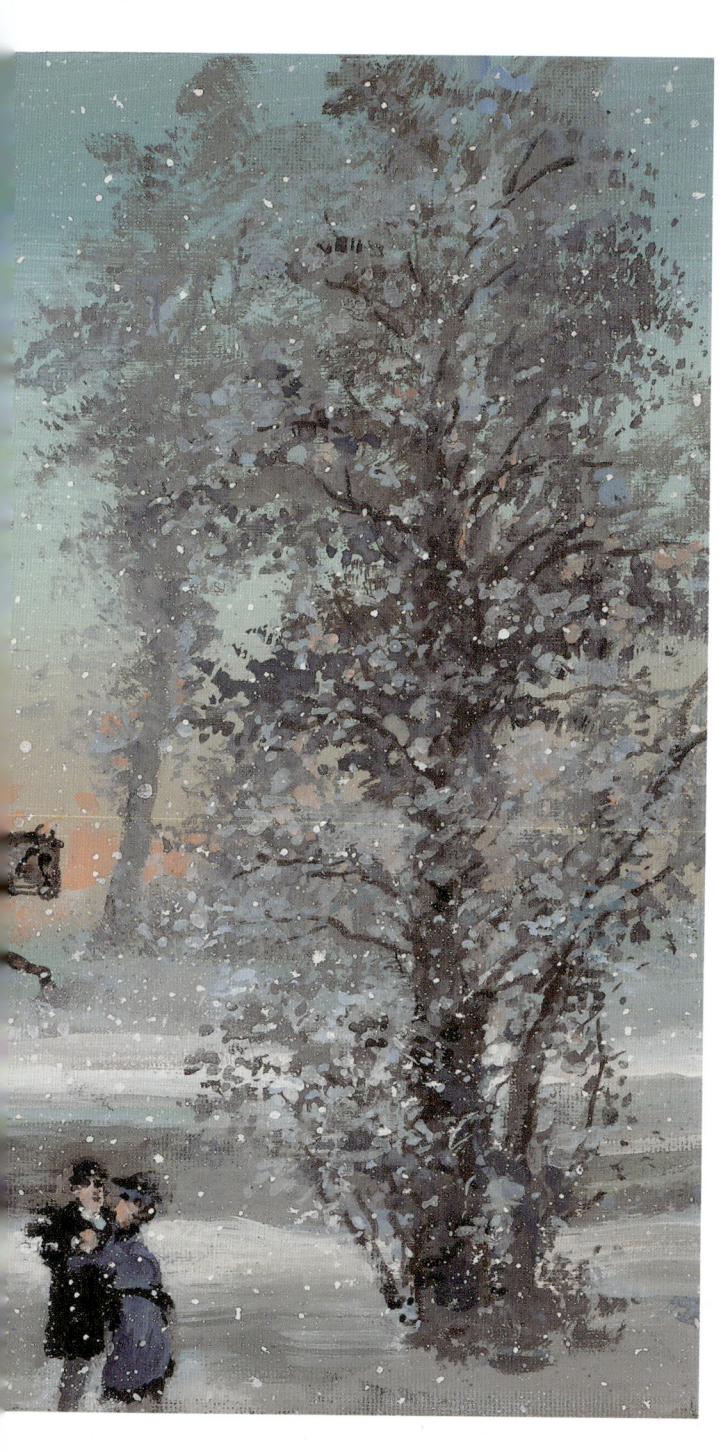

마차썰매를 타고 떠난 산책

La promenade en traîneau,
30×40cm, Acrylic on Canvas, 2024.

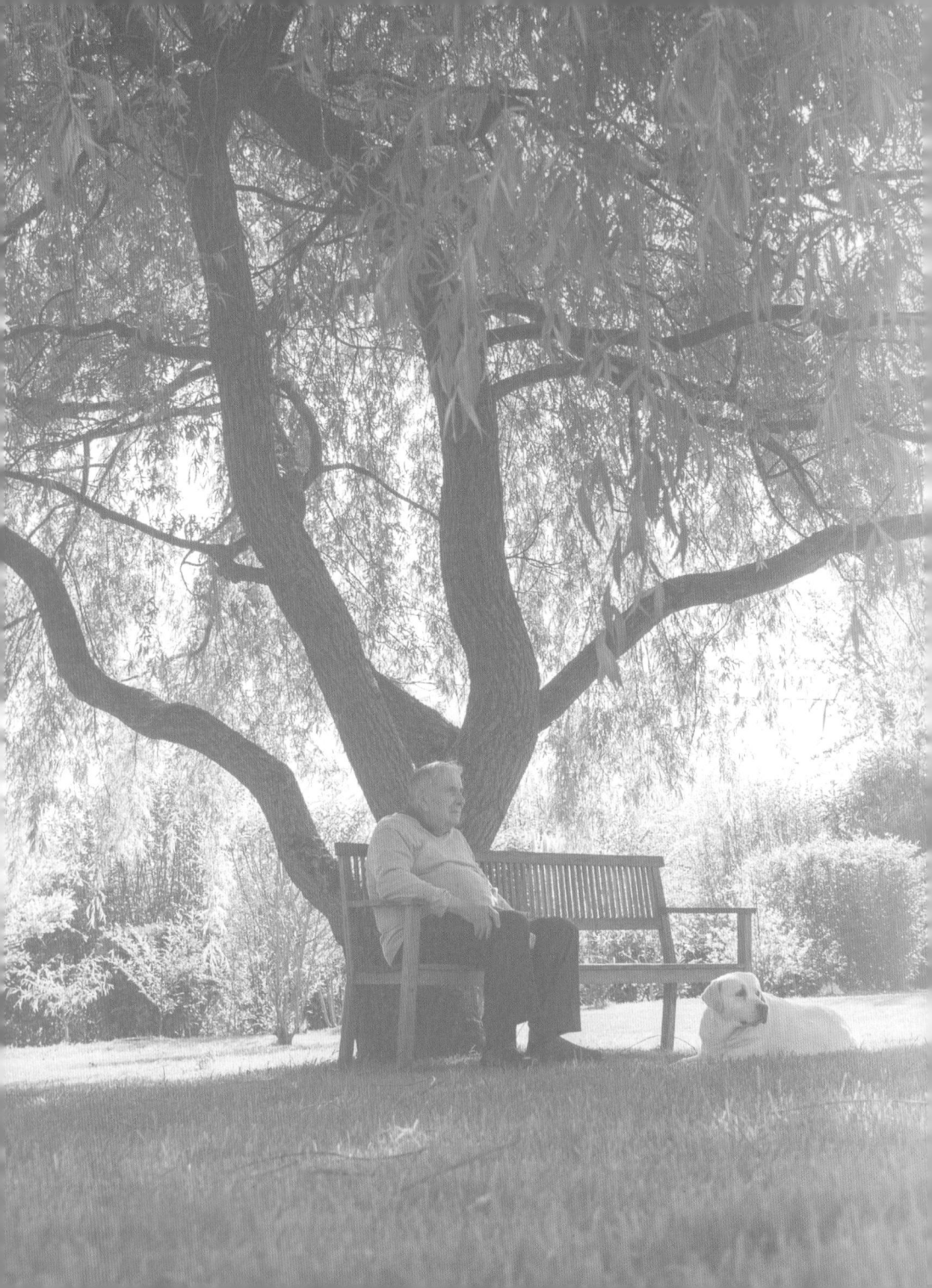

영원한 화가,
미셸 들라크루아를 기억하며

신미리 큐레이터

2024년 10월, 예술의전당의 첫 전시를 준비하기 위해 노르망디의 유명 휴양 도시 도빌Deauville역에 도착했다. 갤러리를 하는 리샤르와 아르멜이 마중을 나와, 10분 거리에 있는 본느빌 쉬르 투크Bonneville-sur-Touques까지 데려다주었다. 넓은 정원이 있는 전원주택에 야외 테이블이 있었고 거기에 사진으로만 보던 미셸 들라크루아가 있었다. 난 유명인을 본 것처럼 신기할 따름이었다. 서울에서 가져온 작은 선물을 나누고, 프랑스어로 시작된 대화는 전시에 대한 이야기로 문을 열어 그날 밤늦게가 돼서야 마무리 됐다.

미셸은 자신의 작업실과 에이전트에게 차마 보내지 못한 그림이라며 신혼부부의 첫날밤을 그린 그림을 보여주었다. "제가 이런 그림을 그렸다는 걸 알면, 에이전트가 충격을 받을지도 몰라요. 어쩌면 제가 간직하는 게 나을지도 몰라요."라고 하는 모습에서 참으로 정감 있는 할아버지 같은 느낌을 받았다. 옆에 있던 자신의 방 벽에 걸린 사진들을 하나 하나 꺼내던 그는 어린 시절 자신의 사진을 가리키며 "참 잘생겼지요?" 라고 했는데, 그가 여전히 10살 소년의 마음을 품고 사는 것을 느낄 수 있었다. "좋아하는 화가가 있나요?"라고 물으면 "보티첼리 그림 앞에 서 그림을 포기하고 싶었어요. 〈비너스의 탄생〉은 제가 초라해질 정도 로 너무 아름다웠어요. 조르주 드 라투르Georges de La Tour 작품도 꼭 봐 야 해요."라고 진심을 담아 대답했다. 또 그럼 내가 "모네는 어때요?"라 고 물으면 "모네도 너무 좋지요." 한다. "피카소는요?", "그는 위대한 화 가임에는 틀림없지만, 글쎄요. 제 취향은 아니에요."라는 등 그저 나와 비슷한 한 미술 애호가의 면모 또한 매우 인간적으로 다가왔다.

그가 이미 잘 알려진 화가라고 해서, 특유의 어떤 거만함이나 오만함 은 느낄 수 없었다. 그는 그냥 우리의 할아버지와 같은 마음을 담고 있 었다. 미셸의 아내인 바니는 늘 저녁을 먹고 가라며 식사를 챙겨주었고 여든의 나이에도 직접 운전해서 나를 숙소까지 데려다주었다. 미셸은 그런 아내에게 '밤 운전하는 게 걱정되니 내가 같이 가겠다'며 같이 차 를 타고 나서는 다정한 남편이었다.

이튿날 이어진 인터뷰에서도 그는 전문가답게 모든 일정을 소화했다. 인터뷰와 방송 일을 자주 하지 않음에도 90세의 연륜이 지닌 진솔함

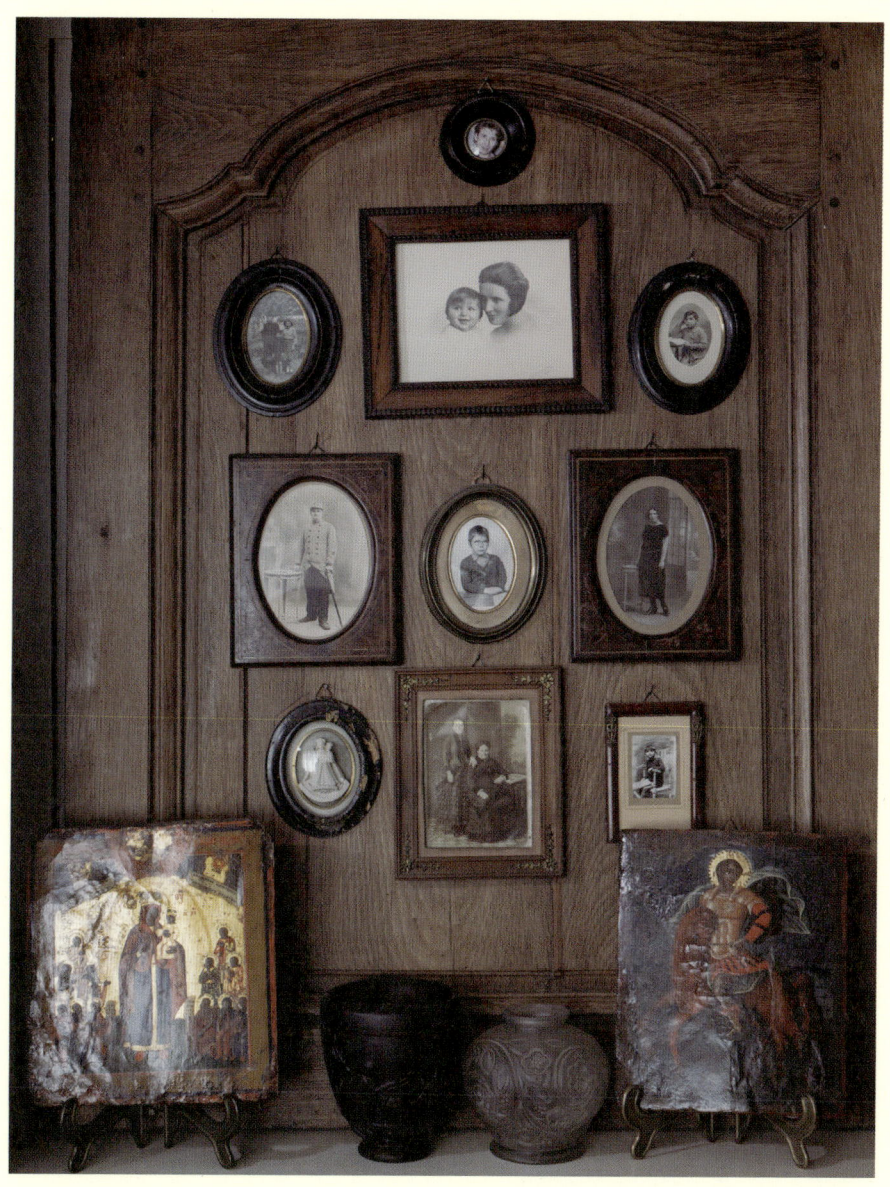

작가의 유년 시절과 가족 사진을 담은 사진 액자들.

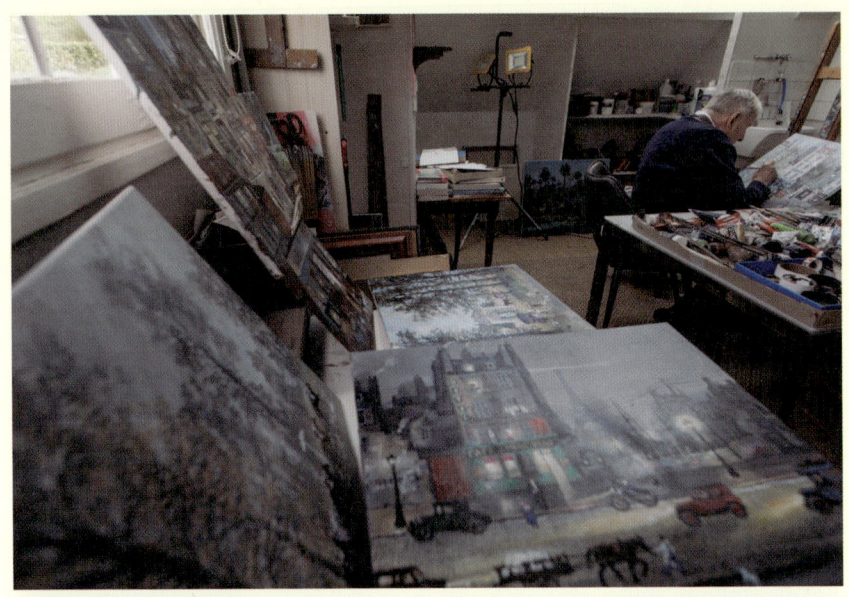

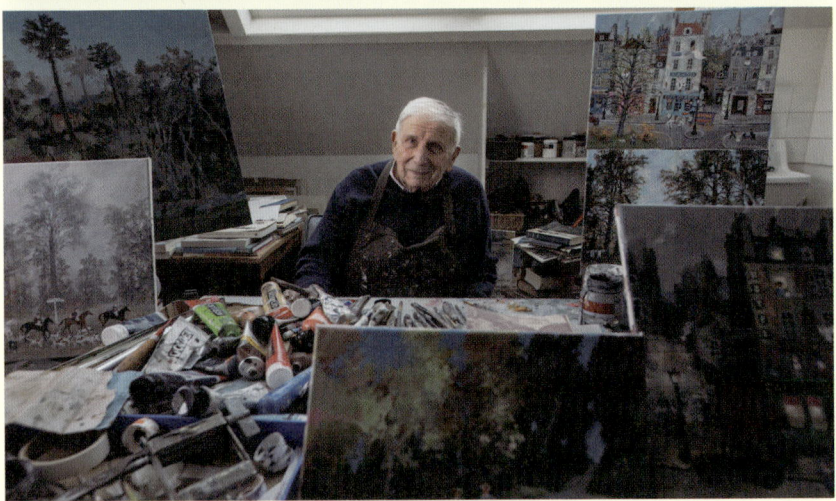

2025년 봄. 노르망디, 그의 작업실에서.

은 꾸밈없이 다가왔다. 2박 3일의 노르망디 일정이 끝나고 나는 인정할 수밖에 없었다. 미셸 들라크루아라는 인간을 사랑하게 되었음을. 그의 소탈함과 때로는 진심 어린 모습을 중심으로 자기 일에 있어서는 까다로울 정도로 엄격한 태도가 나를 사로잡았다. 서울에 돌아가서 예술의전당 전시를 준비하고 진행하면서 개막식을 비롯해 성탄절, 신정 모두 함박눈이 내렸다. 그의 그림에 들어간 듯, 내 눈에는 서울의 풍경마저 파리의 풍경으로 보였다. 그제야 미셸이 말한 눈이 내린 날의 기적을 믿게 되었다.

2024년 예술의전당 전시를 성황리에 마치고 그 가을과 겨울에 다시 미셸을 몇 번 만났다. 미셸은 한창 건강이 나빠지고 있었고, 그와의 시간이 많지 않을 수 있다는 생각에 기회가 될 때마다 그를 만나러 프랑스와 캄보디아를 오갔다. 2025년 2월, 앙코르와트 유적이 위치한 시엠레아프Siem Reap에서 만난 미셸은 '자신의 죽음'에 대해 생각하고 있었다. 그는 "전 이제 92세가 되었어요, 피카소가 제 나이에 죽었답니다. 저에게도 시간이 많지 않을 거예요."라고 움츠러든 모습을 보였다. 그럼에도 그는 그가 머무는 별장의 스튜디오를 공사했고, 공사가 끝난 후 그곳에서 작업을 시작했다. "요즘 작업을 거의 하지 못해 보여줄 게 없군요." 하며 스튜디오를 보여주지 않던 미셸은 내가 갈 시간이 거의 다 되어가자 그래도 멀리 온 손님을 그냥 보낼 수 없다며 나를 스튜디오로 이끌었다. "이건 못 보여주겠어요." 하며 그리다 만 그림을 덮어놓는 미셸의 모습을 뒤로 하고 서울로 돌아오는 길, 미완성 작품을 보지 못해 아쉽기보다는 그가 건강하기를 간절히 바랐다.

그리고 서울에서 갑작스레 미셸의 전시를 제안하게 되었을 때, 미셸의 측근들은 이 전시가 미셸에게 동기부여가 되어 그가 작품활동을 더 즐겁게 할 수 있기를 바랐다. 그들은 한마음으로 이 프로젝트를 응원했다. 새로운 전시는 지난 전시와 달리 최근작을 모아보며 그가 다음 생에도 영원히 화가로 살겠다는 메시지를 줄 수 있다면 좋겠다는 생각이 들었다. 영상 촬영을 위해 2025년 4월 다시 노르망디에 갔을 때, 미셸은 놀랍도록 건강해진 상태였고 스튜디오에는 봄 내음을 담은 그림들이 가득했다. 그는 자신의 집 앞에 조용히 작업할 스튜디오를 새로 구한 상태였다. 촬영하는 동안 미셸은 흰 캔버스를 채우는 과정을 보여주었다. "뭐가 그려질지는 몰라요, 그냥 붓이 움직이는걸요", 마치 옛 EBS 방송의 밥 로스 아저씨처럼 쉽게 붓질을 하고 있었다. 15분이 흐르자 밑바탕이 완성되었다. "이게 무엇이 될지는 모르겠어요, 두고 봐야 알지요. 오늘은 여기까지 해야 겠어요." 그가 그림을 그리는 손길은 보고 있어도 믿기 어려울 만큼 자연스러웠고, 어떠한 보여주기식의 허영도 없었다. 한평생을 그림만 보고 살아온 장인의 손길이었다.

그 모습을 보면서 미셸에게 이미 영원의 세계가 시작되었을지도 모른다고 생각했다. 그가 반려견 칼리와 함께 보내는 시간, 그리고 작업실에서 작업하는 시간…. 미셸은 분명 천국에서, 아니면 다음 생에서라도 이 모습 이대로 살고 있겠다는 생각이 들었다. "다음 생애가 있다고 해도 화가로 살 것이며, 다만 지금보다 더 나은 화가가 되고 싶다."라는 미셸의 말은 내 마음에 깊은 울림으로 다가왔다. 누가 부정할 수 있을까. 미셸은 이미 화가 그 자체이고, 영원히 화가이다.

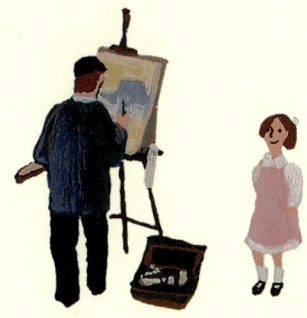

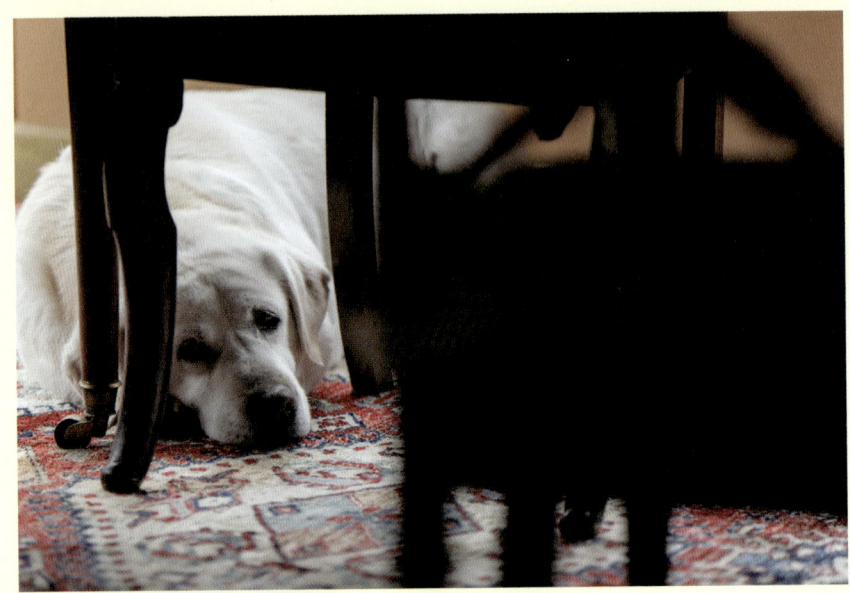

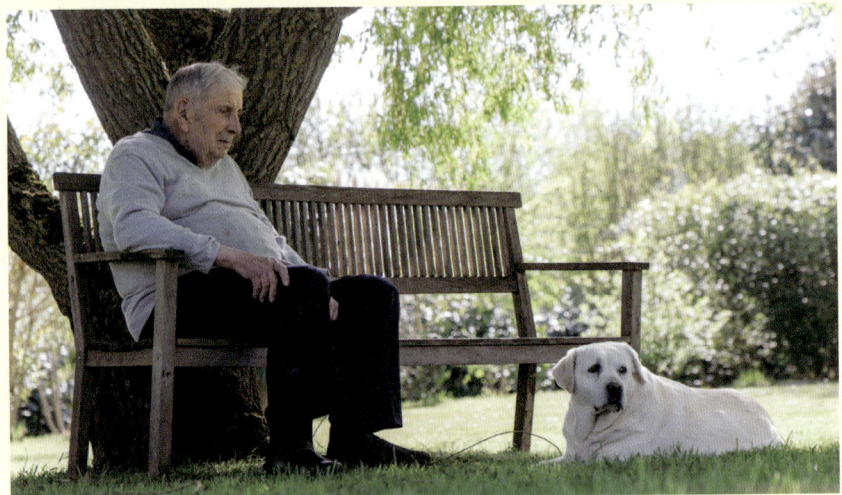

반려견 칼리와 함께.

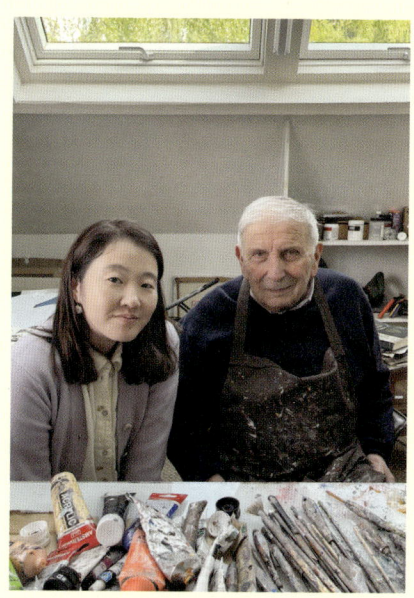

2025년 봄. 노르망디, 미셸의 작업실에서.

Chère Miri
nous ne vous oublions pas...
Bon courage, Bonne chance
et, j'espère, un grand succès !
Avec toutes nos amitiés
Michel et Vany

16 Mai 2025

단연코, 제 삶에서 가장 아름다운 부분은
그림이었습니다.

De toute évidence,
la peinture a été la plus belle partie de ma vie.

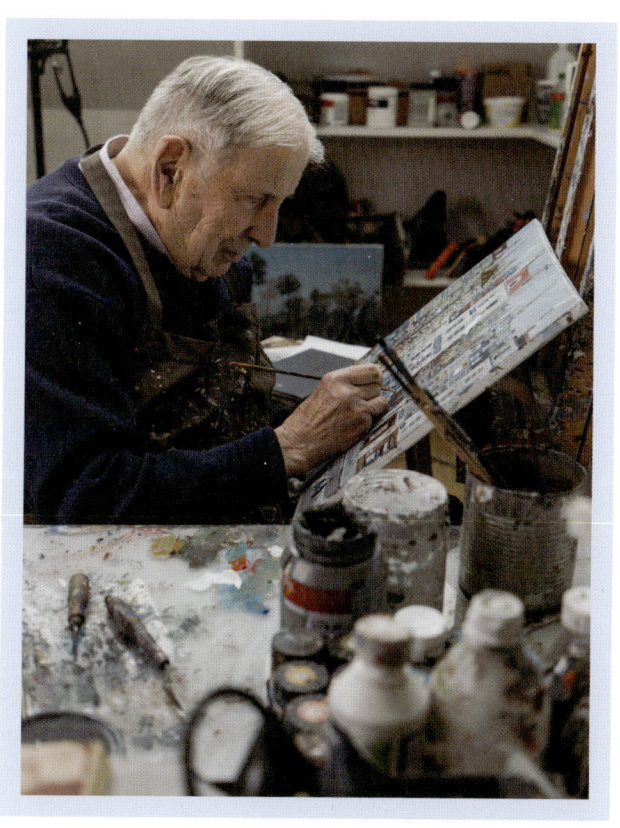

영원히, 화가

초판 1쇄 발행 2025년 6월 30일
초판 2쇄 발행 2025년 8월 18일

그림·글   미셸 들라크루아
펴낸이   정용철

편집   이민애, 박혜빈, 강시현
검수   신미리
프랑스어 검수 Cécile Bordez
자료 제공   파리선라이즈
디자인   Heeya
영업·마케팅   이성수, 권지은, 정황규, 어은진
경영지원   김상길, 송윤경, 김나현
콘텐츠연구소   정다정

펴낸곳   ㈜좋은생각사람들
주소   서울시 마포구 월드컵북로22 영준빌딩 2층
이메일   book@positive.co.kr
출판등록   2004년 8월 4일 제2004-000184호

ISBN   979-11-93300-46-6 (03860)

좋은생각은 긍정, 희망, 사랑, 위로, 즐거움을 불어넣는 책을 만듭니다.
positivebook_insta   www.positive.co.kr